黄金舞踏

俳優・山川浦路の青春

大橋崇行

潮文庫

【目次】

主要登場人物

【三田家、上山家】

三田千枝《みたちえ》（上山浦路《かみやまうらじ》、山川浦路《やまかわうらじ》）　本作の主人公。華族女学校在学中に親友の犬養操《いぬかいみさお》の紹介によって貞と出会い、結婚。夫とともに演劇の道に進む。

三田貞《ただし》（上山貞、上山草人《そうじん》）　宮城県出身で早稲田に通っていたスポーツ青年。やがて演劇に目覚めて上山草人を名乗り、ハリウッドで活躍することになる。

三田守一《もりかず》　千枝の父。東京帝国大学出身の鉱山技師。

三田松《まつ》　千枝の母。千枝と貞の子どもは、養女に出された裙子《つまこ》を除いて松が育てている。

上山五郎　貞の父。宮城県立宮城病院附属医学校副校長などを務めた医師。自由民権運動で犬養毅《つよし》と知り合ったことが、貞が犬養家に住むきっかけとなる。

角川浦路《かどかわ》　貞の実母。上山五郎の愛人で、貞を産んだ直後、精神の病を患う。

【ヒラリバー収容所の人々】

野正琴《のまさこと》　千枝が第二次世界大戦中ヒラリバー収容所で、演劇の指導をした少女（※架空の人物。ヒラリバー収容所ではなく、マンザナー強制収容所でみつかった収容者名簿の中に、Koto Nomasa という名前がある）。

鈴木　ヒラリバー収容所で日系人に向けた演劇を取り仕切っていた。「鈴木さん」とのみ千枝の証言が残っており、本名は不詳。

【華族女学校時代】

犬養操　華族女学校時代の千枝の親友。貞を千枝に紹介した後、やがて自宅に下宿していた貞に恋愛感情を抱くことになる。

犬養毅　操の父。一九三二（昭和七）年の五・一五事件で暗殺された、後の内閣総理大臣。千枝と貞の仲人となる。

犬養健《たける》　操の弟。日露戦争の鴨緑江《おうりょくこう》渡河作戦で日本がロシアに勝利したことを祝う提灯行列に、貞や操たちが参加したときに同行している。

マリア・ウェストン　千枝が華族女学校高等中学科在籍時の英語教師。

津田梅子《つだうめこ》　千枝が華族女学校中学科在籍時に英語教師だった。後に、女子英学塾（現在の津田塾大学）を創設する。

【新派劇関係者】

川上音二郎《かわかみおとじろう》　『オッペケペー節』で一世を風靡した興行師。明治時代に書生芝居、壮士芝居から派生した現代劇（新派劇）でも活躍、海外にも進出した。

川上貞奴《さだやっこ》　川上音二郎の妻で新派劇の俳優。音二郎とともに海外進出をした後、日本で女性俳優の養成を行っている。

藤沢浅二郎《ふじさわあさじろう》　新聞記者時代に川上音二郎と出会い、自身も新派劇の俳優となる。貞が最初に弟子入りをした人物。草創期の日本映画でも活躍している。

【貞の友人たち】

押川春浪《おしかわしゅんろう》　本名は方存《まさあり》。『海島冒険奇譚　海底軍艦』によって、明治時代を代表する冒険小説家となったほか、「天狗倶楽部」を率いて日本に野球を広めたことでも知られる。貞の下宿の隣室が「天狗倶楽部」のたまり場だった。

佐《さ》藤《とう》惣《そう》之《の》助《すけ》　俳句を通じて貞と出会い、釣り仲間ともなった友人。後に、詩人、作詞家として知られる。

佐藤紅緑《こうろく》　本名は洽六《こうろく》。正岡子規《まさおかしき》の勧めで俳句を始め、貞の俳句の師となる。後に、『あゝ玉杯に花うけて』などの少年小説でも知られる。

谷崎潤一郎《たにざきじゅんいちろう》　一九一五（大正四）年、貞と千枝が経営する「かかしや」を訪れて以来、貞にとって無二の親友となった。特に関東大震災の後、谷崎が関西に移り住んだ時期は、上京する際には常に貞の家で寝泊まりしていたとされる。

【文芸協会】

坪内逍遙《つぼうちしょうよう》　本名は雄蔵《ゆうぞう》。評論『小説神髄』が、日本の近代文学幕開けとなった。早稲田の教員となり「文芸協会」を設立、日本の近代演劇の成立にも尽力する。

島村抱月《しまむらほうげつ》　本名は瀧太郎《たきたろう》。坪内逍遙とともに、「文芸協会」で演劇の近代化の中心を担う。その中で、妻子がありながら松井須磨子《すまこ》と不倫関係となっていく。

前沢正子《まえざわまさこ》（小林正子、松井須磨子）　「文芸協会」の演劇研究所で、千枝たちと同期の第一回研究生となる。松井須磨子として日本を代表する俳優となった。

林和《はやしやわら》　「文芸協会」の演劇研究所の第一回研究生。大阪公演で千枝に夜這いを仕掛る事件を起こし、千枝たちが「文芸協会」から独立するきっかけとなる。

千葉掬香《ちばきくこう》　「文芸協会」演劇研究所の幹事。本名は鉱蔵《こうぞう》。千枝の代表作となるイプセンの戯曲『ヘッダ・ガーブレル』を翻訳した。

土肥春曙《どいしゅんしょ》　千枝の幼少期からの三田守一の知人。本名は庸元《つねもと》。『読売新聞』記者等を経て「文芸協会」幹事となった。また、千枝たちが森鷗外《もりおうがい》と出会う仲介をしている。

松居松葉《まついしょうよう》　本名は真玄《まさはる》。三越が刊行していた『三越タイムス』の編集長のほか、帝国劇場演劇主任を務め、千枝が帝国劇場に出演するきっかけを作る。

【近代劇協会とその関係者】

森鷗外　本名は林太郎《りんたろう》。日本陸軍で軍医のトップである陸軍軍医総監などを務めつつ、創作、翻訳活動を行う。千枝と貞の「近代劇協会」は、『ファウスト』『マクベス』など、森鷗外のもっとも主要な翻訳作品を上演する劇団となる。

森茉莉《まり》　森鷗外と二人目の妻である志げのあいだに生まれた長女。鷗外が溺愛したことで知られ、後に作家となる。幼少期、千枝の舞台を見ていた記録がある。

柴田環《しばたたまき》**（三浦環）**　日本人で初めて国際的な名声を得て「マダム・バタフライ」と呼ばれたオペラ歌手。初の国産オペラ『熊野《ゆや》』で、千枝と共演している。

ジョヴァンニ・ヴィットーリオ・ローシー　帝国劇場歌劇部のオペラを指導したイタリア人。近代劇協会で『ファウスト』を演じる際の指導もしている。

伊庭孝《いばたかし》　講師として近代劇協会の運営に関わる。外国語に堪能で、森鷗外に認められて翻訳の助手をした。「浅草オペラ」創始者の一人としても知られる。

一条汐路《いちじょうしおじ》　四ッ谷で芸者をしていた貞の義従姉。貞に誘われて近代劇協会の研究生となり、俳優として活動した。
中山歌子《なかやまうたこ》　帝国劇場の練習生。千枝に誘われて近代劇協会にも研究生、俳優として参加している。
河合《かわい》磯代《いそよ》　帝国劇場の練習生。本名は村上菊《むらかみきく》尾《お》。千枝に誘われて近代劇協会に参加。後に作曲家の山田《やまだ》耕作《こうさく》の妻となった。
夢野《ゆめの》千草《ちぐさ》　千枝と貞が経営する「かかしや」に出入りしていた千枝の友人。近代劇協会の研究生となった。
衣川《きぬがわ》孔《く》雀《じゃく》（牛円貞子《うしまどさだこ》）　スペイン大使館一等書記官の娘。貞の愛人となり、貞に誘われて、近代劇協会を代表する俳優となる。

【青鞜社の人々】

平塚《ひらつか》らいてう（平塚明《はる》）「元始、女性は太陽であった」の一言で知られる、雑誌『青鞜《せいとう》』の中心人物。文章や恋愛の激しさとは裏腹に、本人の性格はおとなしかった。
尾竹一枝《おたけかずえ》（尾竹紅吉《べによし》）　次々とスキャンダルを起こして青鞜社を退社したが、その後も出入りし、千枝の友人となる。富本《とみもと》一枝としての作家活動で知られる。
尾竹福美《ふくみ》　尾竹一枝の妹。青鞜社で活動していた。
神近市子《かみちかいちこ》　榊纓《さかきおう》の筆名で『青鞜』で活躍した。後の左翼運動や、国会議員としての活動で知られる。
生田長江《いくたちょうこう》　本名は弘治《ひろはる》。翻訳家、批評家。平塚らいてうらが『青鞜』を創刊した際の後援者としても知られる。
中村古《こ》峡《きょう》　本名は蓊《しげる》。生田長江の親友。夏目《なつめ》漱石《そうせき》の弟子で、小説『殻』などを発表。後に精神科医となり、中村古峡療養所（現在の中村古峡記念病院）を創設。
奥村博史《ひろし》　洋画家、工芸家。平塚らいてうの夫となる。

【その他、本作に関わる歴史上の人物】
乃木希典《のぎまれすけ》　日露戦争における旅順攻囲戦などで知られる陸軍軍人で、文豪・森鷗外の友人。明治天皇の孫（後の昭和天皇）の入学に際して、学習院の院長となった。
下田歌子《しもだうたこ》　生涯を女子教育に捧げた女性。華族女学校の教員だったが、乃木希典が学習院女学部の校長を兼任して以降反発、退職する。実践女学校を開設し、女子教育に尽くす。
夏目漱石　東京帝国大学教員から『朝日新聞』の記者となり、小説を掲載した。『坊っちゃん』『三四郎』『こころ』などで知られ、森鷗外と並び称される文豪。

三遊亭圓朝《さんゆうていえんちょう》　幕末から明治時代中期にかけて活躍し、落語中興の祖とされる。『怪談牡丹灯籠』『真景累ヶ淵《しんけいかさねがふち》』を始め、多くの落語を創作した。
談洲楼燕枝《だんしゅうろうえんし》　幕末から明治時代中期にかけて、三遊亭圓朝と並び称された落語家。柳亭《りゅうてい》燕枝とも。
若柳燕嬢《わかやぎえんじょう》　談洲楼燕枝の弟子で、明治時代に活躍した女性落語家。俳優としての活動を行っていたことでも知られる。
森田草平《そうへい》　夏目漱石の弟子。本名は米松《よねまつ》。平塚らいてうとの恋愛の末、心中未遂事件を起こした。そのときの様子を小説『煤煙《ばいえん》』で描いている。
田村俊子《としこ》　青鞜社の「新しい女」の一人、作家。小説『あきらめ』で文壇デビューする前、俳優としても活動した。

装丁　金田一亜弥
装画　生田目和剛
編集協力　水野拓央
パラレルヴィジョン

黄金舞踏

俳優・山川浦路の青春

序章

リトルトーキョー

野正琴《のまさこと》がロサンゼルスにある日本人街――リトルトーキョーを訪れるのは、五年半ぶりのことだった。

当時住んでいた家は、この街からチャイナタウンのほうに十分ほど歩いたところにある集合住宅の二階だった。そのため琴は、数日に一度はここに来ていた記憶がある。

かつてのリトルトーキョーは、日本人が経営するホテルや商店が建ち並び、漢字で書かれた看板で空が覆われていた。学校に通う子どもたちから響いてくる声も日本語ばかりだった。日系二世の琴にとっては、日本というのはきっとこういう世界なのだろうと想像させてくれる場所だった。

それが今となっては、すっかり街の様子が変わってしまった。

あの戦争が始まってほどなく、ここに住んでいた人たちは、アメリカ各地に点在する収容所に移住させられた。そのあいだ持ち主のいなくなった建物には、次々と黒人たちやメキシコ系の人々が移り住んできたらしい。

終戦後、琴は家族とともにロサンゼルスではなくサンフランシスコに住むことになったが、リトルトーキョーに戻ってきた人たちも少なくはなかったという。けれども日系人が発行している新聞の報道によると、そのときにはすでに街がすっかり荒れ果てていたそうだ。

たしかにこうして実際に足を踏み入れてみると、多くの看板がスペイン語や英語のものに掛け替えられている。そうした店も経営を続けていくことが難しかったのだろう。今ではそのほとんどが扉を固く閉ざしている。

店以外の建物も、修繕すら満足にできていないらしい。以前はゴミ一つ落ちていなかった路上には、空き瓶や割れた食器、段ボール、新聞紙、犬のものなのか人のものなのかさえもわからない糞などが散らばっている。歩いているとときおり、どこからか甘い臭いが漂ってくる。それがマリファナを吸っている人の体から発せられているものであることは、琴にもすぐにわかった。

秋も深まってきたとはいえ、日中のロサンゼルスにはまだ強い日射しが照りつけている。半袖のブラウスを着ていても歩いているだけで汗が肌に滲んでくる。琴はハンカチーフを押し当てるようにしてそれを拭いながら、足下に落ちているものを踏まないよう慎重に歩を進めた。

リトルトーキョーから南に向かって歩く。周囲にはだんだんと背の低い簡素な建物や、テントを張って出された露店が目立つようになってくる。

この辺りにはユニオン駅まで走ってくる大陸横断鉄道の巨大な車両基地があって、かつては多くのホテルが建ち並んでいたそうだ。

けれどもそうした地区には、都会に仕事を求めてやってはきたもののそこから溢れた人たちが滞留してしまう。今ではすっかりロサンゼルス有数の貧困地区として知られる区域になっていた。琴のような二十代の女性にとっては、一人で街を歩くだけでも緊張感を覚える場所だ。

警戒をするように忙《せわ》しなく左右に視線を送りながら、早足に歩く。ボロボロになった服を着て建物の入口にある階段に座り込んでいる男。おそらくスリを働く相手を物色しているであろう少年たち。中年男性に媚びるような目つきで話しかけている女。そうした人々のあいだをすり抜けてようやく人通りの多い交差点までたどり着いたところで、琴は建物に背中を預けるようにして立ち、バッグから一通の手紙を取り出した。封筒に書かれている住所をたしかめるためだ。

目的の場所は、スタンフォード・アベニュー沿いにあるらしい。ここからもう二、三分くらいだろうか。住所の下には差出人の名前が記されている。

——Chie Mita
三田千枝。その名前を見て懐かしさに駆られた琴は、ふたたび歩を進めた。やがて視界に入ってきたのは、今にも朽ち果てそうな煉瓦造りの古いガレージだった。

——今は、お友達が借りた建物の二階に住んでいます。ちょっと古いけれど、けっこう気に入っているのよ。

千枝の話しぶりをそのまま言葉で写し取ったような文面が、美しいくずし字の日本語で書かれていた。琴は母親から教えてもらって、なんとかその手紙を読み解くことができた。けれども、今、琴の目の前に建っているガレージは、ちょっと古いという手紙にあった言葉とはかけ離れたものだった。

もしかしたら別の建物と間違えたのかもしれない。そんな願いを半ば抱きながら、琴は緊張した面持ちでガレージの脇に据え付けられている階段をゆっくりと上った。歩くたびにコン、コン、コンと乾いた音が響く。最後まで上りきると、ところどころが錆びて赤みを帯びた扉がある。

ノックをする。思ったよりも扉が重いらしく、鈍い音がした。

ゆっくりと扉が開かれる。

中から出てきたのは、白髪に眼鏡を掛けた、背のすらりと高い女性だった。

「あら、琴さん。お久しぶり。遠いところからよくいらしたわね」

舞台の上で女優が発するような、よく響く声。一つ一つの音を丁寧に出すような話しぶり。目の前にいる女性は間違いなく、ヒラリバーの収容所で同じ建物に住んでいた三田千枝だった。

「お久しぶりです。突然押しかけてしまって、すみません」

琴は深々と頭を下げた。日本人どうしの挨拶では、こうしてお辞儀をするものだ。子どもの頃に両親からそう教えられていたことを思い出す。

「構わないわよ。収容所でそう約束したのだもの。約束は守らないといけないでしょう」

約束は守らないといけない。それは収容所時代にも、千枝がたびたび口に出していた言葉だった。律儀な性格の彼女らしいと、琴は思う。

「そんなところに立っていないで、中にお入りなさいな。古い建物だけれど、中は綺麗にしているのよ」

琴がぼんやりしていると、千枝はぐっと右腕に力を入れるようにして扉を開いた。

「お邪魔します」

琴はおずおずと中に入る。外壁は煉瓦造りだが、建物の中は床や壁に木の板が張られているらしい。入った瞬間、靴の底が床に当たって深い響きの音を立てた。外気とは明らかに異なるひんやりとした空気が、露出した琴の腕や顔を包む。

やがて室内の暗がりに目が慣れてきた瞬間、琴は目を瞠《みは》った。

ベッド。ソファ。小さな丸いテーブルとそれに合わせた椅子。奥の壁にある窓の下には小さな机が置かれている。それくらいしか物が置かれていない簡素な部屋だ。しかし古びて濃い飴色になった壁板には、その机を取り囲むように無数の白黒写真が貼り付けられている。

琴は息を呑んで、窓際の机に近寄った。

ダグラス・フェアバンクス、ロン・チェイニー、チャーリー・バワーズ、バスター・キートン、エレノア・ボードマン、ヴィクター・マクラグレン。ハリウッドの銀幕を彩った名優や映画監督、脚本家たちと、背の高い日本人女性がにこやかに写っている。その日本人女性はアンナ・メイ・ウォンと肩を組むようにして抱き合い、マリオン・デイヴィスとふざけるように笑い合っている。そしてその女性は、目の前にいる千枝が若かった頃の姿に違いなかった。

「こんなおばあちゃんになってしまって、がっかりでしょう?」

冗談を言うように、千枝が背後から声を掛けてきた。

「とんでもないです。すごく素敵です」

琴は慌てて頭を振り、千枝の言葉を否定する。

「ありがとう。お世辞でも嬉しいわ」

千枝は琴に向かって微笑んでから、ゆったりとした仕草で部屋の中央に置かれたテーブル脇の椅子を引き、そこに腰掛けた。そうした何気ない仕草を見ているだけで、琴は目を奪われる。まるで銀幕の中に映し出されている一人の老女が、そこから現実の世界に飛び出してきたような振る舞いなのだ。そして、そうした一つ一つの驚きを積み重ねるたび、琴は心の底から実感するのだった。

千枝は間違いなく、かつて山川浦路、そしてUra. Mitaという名で、日本とハリウッドで活躍していた本物の俳優なのだと。

＊　＊　＊

一九四二（昭和十七）年。アリゾナ州のフェニックスから南におよそ三十マイル、砂漠の真ん中に作られたヒラリバーの日系人収容所は、秋になっても暑さが続いていた。

それでも、七月にここに移送されたときには、摂氏四十度を超える日も当たり前のように続いていたのだ。それがこの頃は、三十度くらいで収まっている。気温がおよそ二十七度を超えると、毒を持ったガラガラヘビが活発に動くようになって家の中にまで入ってくる。その恐怖が和らいだだけでも、多少は過ごしやすくなったように、当時十八歳だった琴には思えた。

一人の中年男性がやってきたのは、その頃だった。収容所の食糧を確保するために造成していた農地整備作業での手伝いを終え、疲れて重くなった体を引き摺るように自宅に戻ると、玄関の前で待ち構えていた。鈴木と名乗ったその男性は琴の顔を見るなり、「おっ、噂通りだ。けっこういけそうじゃないか」と、いきなり値踏みするように琴の体、そして顔をまじまじと眺めてくる。

なんて失礼な男だろう。琴は反発を抱きながら目を細め、睨むようにして鈴木を見た。

「そんなに怖い顔をしないでくれよ。今日はいい話を持ってきたんだ」

鈴木が言うには、彼は戦時転住局（ＷＲＡ）から任命された、コミュニティ評議員なのだという。

「月に十九ドルの給料が出るかもしれない。ちょっとでいいから、話を聞いてくれないか？」

収容所に入れられた日系人は、収容所のコミュニティの中で職業に就くことが奨励されている。ジャップは所詮ジャップだ。だから、収容所での民主主義的な自治や、学校での勉強、労働を通じて、日本からの移民たちはよりアメリカに住むに相応しい人間にならなければならない。それがＷＲＡの考えだった。その代わりに労働やコミュニティの運営に携われば、一般職で十六ドル、専門職で十九ドルの給料がもらえることになっている。

けれども専門職というのは、大学を出て医療や教育に携わっているような人々の職業を指す。ハイスクールをようやく卒業したばかりの自分にどうしてそんな話が舞い込んでくるのだろう。鈴木の言葉に、琴は疑いの目を向けていた。

鈴木からもらった名刺によれば、コミュニティ評議員であるというのは確からしい。自宅の中であれば両親もいる。十九ドルの給料はあまりに魅力的だし、たとえその金額が本当ではないとしても、仕事を割り振ってもらえるのならありがたい。それで、ひとまず鈴木を自宅に入れることになった。

部屋に入るなり、鈴木は言った。

「野正琴さん。あんたに、俳優になってほしいんだ」

「えっ、何を言ってるんですか？」

琴は眉を顰《ひそ》めた。

「舞台に上がって、役を演じるんだよ」

「いえ、それはわかりますが」

芝居なんて、小学校のときに遊びでやったくらいだ。そう言おうとしたところで、先に鈴木が説明を始めてしまった。

鈴木によれば、ＷＲＡが掲げる方針の一つとして、スポーツや娯楽、余暇活動を通じて、日系人に民主主義やアメリカの価値観を習得させるというものがあるのだという。その中で、ヒラリバー収容所での娯楽を取り仕切るよう、評議員の鈴木に求めてきたらしい。

「野球場作りは今、銭村っていうやつがやっているんだが、日本にルーツのある芸術活動は、日系一世の評議員が仕切らなくてはいけないことになっているそうでね。俺には、日本語で上演する芝居や、日本語で書かれる小説を収容所の日系人に提供しろっていうんだ。それにしても、いきなり日本語で書かれた小説の雑誌を編集するなんて無茶もいいところだろう？」

　肩をすくめながら鈴木は言った。なるほど、無理は承知ということかと、琴もようやく彼の話が腑に落ち始める。

「でも、小説の雑誌を作ることと同じくらい、お芝居を上演するというのも無茶なんじゃないですか？」

「まあ、それはそうだろうな」

「だったら、どうして……」

「だから、助手を雇って指導役を頼むことにしたんだよ」

「指導役？」

「ああ」鈴木はニヤリと不敵な笑みを浮かべて続けた。「ちょうどここと同じ長屋に住んでいるんだが、会ってみるかい？　Ura.MitaやMrs.Sojinという名前で、『悪魔の踊子(The Devil Dancer)』や『ウー・リー・チャン(Wu Li Chang)』っていう映画に出ていたんだが」

「悪魔の踊子！」

気が付くと、琴は声を出していた。

フレッド・ニブロ監督による『悪魔の踊子』は、クライヴ・ブルックが演じるイギリスの探検家スティーブン・アゼルスターが、ギルタ・グレイの演じる踊子のタクラからの愛を勝ち取るためにさまざまな困難に挑むラブロマンスのサイレント映画だ。琴がまだ幼かった一九二七（昭和二）年の公開だったが、第一回アカデミー賞で撮影賞の候補になったおかげでたびたび上映される機会があった。映画が好きでよく見ていた琴は、ハイスクール時代にたまたま鑑賞することができた。

けれどもUra.Mitaという名前がクレジットされていた記憶はない。端役か何かをやっていたのだろうか。それくらいの俳優に、舞台の指導役などできるのだろうか。不安を抱きながら、琴は鈴木に連れられて外に出た。

ヒラリバーの収容所は、まったく同じ作りの大きな長屋がいくつも建ち並んでいる。そうは言っても一万人以上がこの土地に連れてこられたところに、急造のバラックを拵《こしら》えたにすぎない。一つ一つの部屋は狭く、そのあいだにある壁も隣の話し声がはっきりと聞こえるほど薄い。

そんな建物の前を鈴木は小走りに駆けて、琴が住んでいる建物と同じ棟、六戸隔てた部屋の前で立ち止まった。

「三田さん、俺だ。鈴木だよ。俳優の候補になりそうな子を連れてきたんだが、会ってくれないか」

薄い木製の扉を叩く音が周囲に響く。やがて、

「そんなに叩かなくても聞こえているわよ」と、部屋の中からくぐもった声が聞こえてきた。

扉が開かれる。中から初老の女性が出てくる。それが、琴と千枝の出会いだった。

＊　＊　＊

「あのときは、本当に驚きました。いきなり鈴木さんが私に、俳優をやるように言うのだもの」

そういえば、さっきこの部屋の扉を開いたときの光景と、千枝に初めて会ったときの様子はよく似ている気がする。琴はそんなことを考えながら部屋の中央に置かれた小さなテーブルを挟んで千枝と向かい合って座り、当時のことを思い出してやれやれというふうに力なく笑った。

「彼は、はりきっていたものね。二か月に一度のペースで公演をするなんて、ずいぶん驚かされたわ」

琴の言葉に、千枝も口元を綻ばせる。

いですよ」
「そのくらいのペースでやらないと十九ドルは出せないって、WRAが渋っていたらし
「あら、そうだったの。でも私は、劇団の予算や入場料を気にしないでお芝居ができた
から、とても楽しかった。それまではお金のことばかり気にしていたから」
「こんなキツい練習をするなら十九ドルじゃ安いって思ったことはありました」
「琴さんはきちんと演技できていたじゃない?」
「それは、千枝さんの指導が良かったからです」
そう言いながら琴は、テーブルの上に置いたままになっていた新聞の切り抜きに視線
を落とした。千枝から送られてきた手紙に同封されていたものだ。ロサンゼルスで日系
人が出している新聞に、千枝が寄稿したエッセイだという。
――監督の鈴木氏も。助手の私も道具係のきんさんも、俳優も諸裏方も呼吸《いき》が荒く活
気があり、新劇を二か月ごとに一回必ず演出、数年続けたのですから、感心する劇もた
くさんありましたが、いちばん人気があったのは山本有三作の『嬰児《えいじ》殺し』でした。日
本を知らない純二世娘が女土方になったり、おかみになりきり実に感心しました。
ここに書かれた二世の中に自分がいる。そう思うと、誇らしいような、照れ臭いよう
な気持ちが湧き上がってくる。
たしかにヒラリバー収容所での生活は困難なことが多かった。砂漠地帯の気候は厳し

く、夏の昼間は酷暑に襲われる。何もなかった土地を開墾して食糧を確保し、学校を作り、集会場を建てる。俳優の仕事の合間に、琴もそうした作業を手伝っていた。そうしなければ、収容所で暮らしていくことはできなかったからだ。毎日ベッドに倒れ込むようになるまで働き、舞台の稽古をする。そんなギリギリの生活を、終戦までやり通すことになった。

それでも琴にとっては、収容所で演劇に携わった日々がかけがえのない時間だったように思える。台詞の解釈をめぐって他の役者たちと議論をし、舞台装置を自分たちで作った。ホールはなかったものの、満天の星空の下に作ったステージでスポットライトを浴びることができた。

収容所の日系人たちだけを観客にした、半ば素人たちの芝居。そんな舞台でさえ、夢のように思い出されるのだ。それなら、日本でトップ俳優として活躍し、ハリウッド映画に出演していた千枝は、どれだけ輝かしい日々を送ったのだろう。

――私、いつか千枝さんが俳優をしていた頃の話を聞かせてほしいです。

それはふと、『嬰児殺し』の公演に向けた稽古の途中で、琴が千枝に向かって口に出した一言だった。

千枝は驚いたように目を見開いた。そしてしばらくのあいだ考え込むようにじっと俯いていたが、ややあってまっすぐに琴を見返して答えた。

——この戦争が終われば、収容所での忙しい生活が終わって時間が取れるかもしれないわね。そのときに、きっとお話ししてあげるわ。

その約束を果たしてもらいに、琴はロサンゼルスにやってきたのだ。

「何から話したらいいかしら」

そう呟くように言いながら、千枝は席を立った。

窓際にある机の引き出しから、何冊もの冊子を取り出してくる。どうやらそれらはアルバムらしかった。

頁《ページ》を捲《めく》る。小高い丘の上に芝生を張った大きな庭のある、白い瀟洒な建物が写っている。

「戦争が始まる前は、ノースノルマンディー・アベニュー沿いに家を持っていたのよ。夫が映画でいろいろな役をもらえるようになって、急に買おうって言い出したの。長男が離婚したときに、売り払われてしまったのだけれど」

微笑みながら、千枝は言った。

ノースノルマンディー・アベニューといえば、北に向かって少し歩けばハリウッドに行き着く通りだ。銀幕のスターが数多く住んでいる地域だと聞いたことがある。彼女の表情から察するに、そうした場所にあった家を失ったことへの悔しさよりは、懐かしさのほうが勝っているのだろうと、琴は思った。

やがて千枝は、一冊のアルバムを捲りながら言った。

「そうね、まずは私のお友達だった操《みさお》さんのことから始めようかしら」

第一章 金色夜叉

十七歳だった頃の三田千枝は、ひどく退屈そうにしていた。

東京の永田町にある華族女学校高等中学科の教室。窓際のいちばん後ろの席で頬杖を突き、ぼんやりと外を眺めている。ことに英語の授業になると、ときおりひどく眠そうに欠伸をするようになる。

「Chie, please concentrate on your lecture.（千枝さん、講義に集中してください）」

英語教師のマリア・ウェストンが千枝に歩み寄り、声を掛けた。すると千枝は、

「I'am not here to hear your philosophy, but to eat the cream tarts.（私はあなたの哲学を聞きに来たのではありません、クリームタルトを食べるために来たのです）」と、流麗な、美しい発音の英語で返した。

隣の席にいる犬養《いぬかい》操が、苦笑しながら千枝のほうを見ている。

――I'am not here to expound my philosophy, but to distribute these cream tarts.（私は自分の哲学について語るために来たのではなく、このクリームタルトを配るために来たのです）

英語の教科書として使われているスティーブンソン『新アラビア夜話』の冒頭に収められた短編『自殺クラブ』の『クリームタルトを持った若者の話』の章で、若者が王子に向かって放つ台詞だ。千枝がそれを捩《もじ》って発したことはすぐにわかった。彼女はこのように、文章の内容やその中に出てくる言葉を驚くほどよく覚えている。

マリア女史は不快そうに眉を顰《ひそ》めた。しかし、これ以上議論をしても仕方がないと諦めているのか、千枝の英語力の高さを知っているためか。何も言わずに踵を返して教壇に戻ったところで、終業の鐘が廊下から響いてきた。

「中学科だった頃にいらした津田梅子先生やアリス先生だったら、言い合いになっていたところね」

マリア女史が教室から出て行ったのを見計らって、操が千枝に声を掛けた。千枝はしばらくぼんやりと考えていたが、やがて、

「津田先生とは、そんなことをしなかったつもりだけれど」と、大きく息を吐きながら漏らすように声を出した。

「ごめんなさい、そうだったわね」

千枝の言葉に同調しながらも、操は、千枝がよく津田梅子女史と授業中に英語で議論を交わしていたことを思い出していた。日本語よりも英語のほうが堪能だという津田梅子だ。そんな教師と互角に渡り合う千枝に、操は何度も驚かされた。

「マリア先生は、授業の内容と関係のない話をすることが多いんですもの」

机に突っ伏しながら、千枝がため息を吐く。

「生徒とのコミュニケーションなのよ。許してあげないと」

やれやれといった様子で、操は千枝をなだめるように言った。

千枝もふだんであれば、とても真面目な生徒なのだ。先生の話はよく聞いているし、ノートもしっかりとっている。けれどもときどき今日のように、退屈の虫が騒ぎ始める。そういうときは心ここにあらずといったふうに、ぼんやりとしていることが多い。こうした両極端の振る舞いが同居しているので、どちらが本当の千枝であるのかが操にはときどきわからなくなる。ただ、高等中学科に進学してから、退屈の虫が現れる頻度が明らかに多くなった気がする。

あの事件のせいだろうか。操は喉まで出かかったその言葉を飲み込んだが、

「こんなことなら、予定通り中学科で卒業しておけば良かったわね」と、千枝のほうが先に操の言おうとしていたことを声に出してしまった。

女学校とは、奇妙な場所だ。中学科の三年目を終えると、一人、また一人と生徒たちが次々に退学していく。彼女たちは皆、男性に見初められて結婚をすることになった娘たちだった。

特に千枝や操が通っている華族女学校には授業参観の制度があって、自分たちの息子

にあてがう妻を探す夫婦が、部外者であっても授業の様子を見に入ってくることができる。だから、華族出身で家柄の良い生徒はもちろん、器量の良い生徒、裁縫や礼式の授業で目立つ生徒は、いち早く学校を退学していくことになる。

実は千枝も、中学科の途中で退学するはずだった。けれども東京帝国大学卒業後に鉱山技師となった父の守一が教育熱心だったためだろうか、あるいは芸妓から身請けされた母が、娘には自分と同じような立場にならないようなんとか教育を受けさせたいと願ったのだろうか。中学科卒業までは結婚を見合わせることとなっていたらしい。相手の男の名は、介三郎《かいざぶろう》といった。

だが、ちょうど千枝が中学科を卒業する直前になって、介三郎が結核を患っていることが発覚した。それで婚約は破談となり、千枝は高等中学科まで学校に残ることになった。介三郎はちょうど千枝が中学科を卒業してから数日後、湘南にある病院で亡くなったらしい。

「でも、あのときに結婚していたら、私も結核になっていたかもしれないもの。ものは考えようといったところかしら」

そう言いながら、千枝は周囲の生徒たちを見渡した。何か言いたいことがあって、それをあえて口に出さないように堪えているというふうだった。

無理もないことだと、操は思う。

介三郎との婚約が破談になった直後、いろいろな噂が立った。千枝の気が強すぎるから先方から断られたのではないか。新橋で芸を売っていた芸妓の娘であることが露見したのではないか。相手の男よりも大柄なのがまずかったのではないか。

千枝は意に介していないようだったが、傍らで見ている操のほうがかえって気が気でなかった。ただでさえ千枝は身長が百七十センチ近くもあり、顔立ちが上品で器量が良く、やや低い声がとても通りやすい。だから女学校にいるとどうしても目立ってしまう。学校という空間では、どうしても陰口や嫌味、妬み嫉みが広がりやすい。令嬢たちが多く在籍している学校なのであからさまな嫌がらせはなかったものの、目立ちやすい千枝はたびたびその標的になっていた。

高等中学科に入ってからは、中学科にいたときよりもだいぶましになってはきている。そうはいっても、華族の令嬢たちと千枝や操のような士族出身の娘たちとでは、やはりどうしても隔たりができる。教室内のグループは、似たような家出身の生徒たちどうしでできあがっていく。

華族の令嬢たちと距離を取っていたからこそ、入学当初から千枝と操が仲良くなれたという側面もあった。けれども、千枝が退屈の虫を抱えている要因の一つに、華族女学校を覆っている独特の空気が関わっていることは間違いなかった。

——女学校を出たら教師になるか結婚をするかくらいしか選択肢がないじゃない？

結婚したら子どもを産んで、夫と子どもの面倒を見て過ごす。そんな当たり前の毎日より、私はもっと刺激的な人生を送ってみたい。操さんもそう思わなくって？

以前、千枝の家で雇っている人力車に二人で乗って下校する途中、千枝がふとそんなふうに操に漏らしたことがあった。おそらくあれが千枝の本心だったのだろう。

「そういえば、操さんのほうはどうなの？」

不意に千枝が話題を変えたので、操は我に返る。

「私？」

「操さんのお家に、四月から素敵な殿方がいらっしゃるっていうじゃない」

「ああ……」

あの男のことかと、操は誤魔化すように頬を掻いた。

「なんでも、操さんの許嫁《いいなずけ》になるっていう噂だけれど」

「千枝さん、あなたわかっていて揶揄《からか》っているでしょう？」

「あら、わかる？」千枝が悪戯っぽく笑って続けた。「でも、早稲田に入学してすぐに自分たちで庭球部《テニス》を立ち上げるなんて、ちょっと面白そうじゃない」

ああ、また始まったなと、操は困ったように鼻を鳴らした。退屈の虫を抱えているときの千枝は、ときどきこうして好奇心に駆り立てられる。こうなってしまうと、何としてでもそれを満たそうと、ブレーキが壊れた車みたいに暴走してしまうことも少なくない。

「面白い人だというのは間違いないわね」

千枝の言葉に答えながら、操は四月から自分の家に寄宿している上山貞《かみやまただし》のことを思い浮かべた。

上山家は仙台藩伊達氏に使えた御典医の家系で、当代の上山五郎は宮城県立宮城病院附属医学校の副校長だった人物だという。操の父が自由民権運動に関わっていたときに五郎と意気投合し、それ以来交友関係が続いている。その子である貞はその縁で、兄の貞亮《ただすけ》とともに犬養家に住まうこととなった。犬養家は早稲田にあるので、貞が学校に通うのに都合が良いということもあったのだろう。

貞が練習相手になってくれるということで、自宅には庭球のコートが作られることになった。それは貞のおかげなので、感謝している。だが——

「だったら千枝さん、貞さんに会ってみる？　私の許嫁だっていう噂があり得ないってことが、すぐにわかると思うけれど」

その一言に、千枝の目は輝いた。

「仙台から来た田舎者ですので、お手柔らかに願います！」

白いシャツとパンツを合わせた庭球ウェアの姿になった貞がニッカリと白い歯を見せながら快活に言ったとき、操は内心で一抹の不安を抱いていた。

貞は黒目勝ちだが頬骨が高く、鼻が西洋人のようにすらりと通っている。そんな彼の風貌を目にしたとき、千枝がすっと息を呑んだことが、操には手に取るようにわかった。けれどもその第一印象は、きっと庭球を始めてしまえば一瞬にして崩れてしまうに違いない。

操の予測は当たっていた。

「うりゃあっ！」

ラケットでゴム球を打ち返す瞬間、貞は大声を張り上げる。全力だ。これほどのスピードが出るのかと驚かされるほどの速さで、球は千枝の脇をすり抜けていく。それを見た操は、頭を抱えた。

操は華族女学校で庭球がいちばん強く、選手として選ばれている。だから、自分を相手にするのであれば、こうして本気で打ち込んでくるのもわかる。

千枝もけっして運動が苦手なわけではない。大きな体を活かして運動会では毬投《まりなげ》や徒競走でいつも活躍しているし、体の使い方が非常に上手いので、舞踊の授業では美しい姿態を見せる。

けれども、今は女袴——女学校の制服姿だ。そんな女性に向かって、早稲田のランニングの授業で一等を取り、庭球で敵なしと言われる男性が本気で球を打ち込んでくるなんてさすがにどうかしている。

案の定、千枝はラケットを持ったまま呆然として、視線だけでゴム球を追っていた。庭球のコートのいちばん端まで、その球はころころと転がっていく。

「ああ、すみません。本気を出して頂いて構わないですよ」

貞がそう大きな声を張り上げると、千枝はくるりと振り返った。そのまま操に向かって、穏やかに微笑みかける。

「操さん。悪いのだけれど、運動服を貸してくださらない？　きちんと洗って返しますから」

負けず嫌いの千枝の心に火をともしてしまったらしかった。

操は千枝を連れていったん屋敷に入り、慌てて使用人に運動服を持ってこさせた。上がセーラー服、下がゆったりと膨らんだズボンになっているものだ。千枝は背が高いのでズボンの裾が膝下くらいになってしまうのだが、少なくとも女学生どうしで庭球をするときのように袴姿でやるよりは動きやすそうだ。

着替えた千枝が右手にラケットを携え、颯爽とコートに戻ってくる。背が高い上にいつも背筋をすっと伸ばしているので、こういうときの彼女には思わず操も見惚れてしまう。

「お待たせしました。今度こそ、参りましょう」

千枝が不敵な笑みを向けると、貞は満足そうに顔を崩す。

貞がサーブをした。また、本気の球だ。打ち返せない。

二球、三球と続く。すると、だんだん千枝のほうが慣れてきた。ラケットに当たる。

球は力なく、少し前にこぼれた。庭球用のゴム球は力強く打ち返さないと相手コートまでは届かない。

千枝が必死に球を追いかけてラケットに当てるだけの状態が、また何球も続く。少しずつ息が上がってきたらしい。

けれども貞のほうでも、額からだいぶ汗が滲んでいる。手の甲でそれを拭う。

そして、十八球目だった。

貞が打った球が地面に弾み、ちょうど千枝の右側五十センチほどのところに浮き上がった。千枝が強くラケットを振り抜く。貞が打ったときほどの威力はない。しかし球は綺麗な弧を描き、ぽとりと貞の側のコートに落ちて二度弾んだ。

打ち返した千枝のほうが驚いたように目を大きく開いている。その表情に、貞は声をあげて笑った。

「はっ、はっ、はっ。僕の負けです。千枝さんと言いましたか？　あなたは、とてもよく肝が据わっている。明治の新しい女は、そうでなくてはいけない」

肩を上下させて深く呼吸をしていた千枝が、ふうと大きく息を吐いた。

そして操に、チラリと視線を送り、

「操さんが言う通り、面白い人だというのは間違いないみたいですわね」と、呟くように言った。

＊　＊　＊

野正琴がアルバムの中から見つけた操からの手紙には、千枝と貞との出会いにまつわる思い出が綴られていた。

「操さんとは、ずいぶんと仲が良かったんですね」

琴の言葉に千枝は、

「士族といってね、私たちは武士の家系だったから。華族のご令嬢が多かった学校では馬が合ったのよ。まあ、私たちがお嬢様たちをあまり好いていなかったということもあるのだけれど」と、悪びれもせずに答えた。

「でも、操さんの苗字の犬養って珍しいですけれど、まさか……」

「そうよ。内閣総理大臣だった犬養毅さんのご令嬢」

「ええっ⁉」

思わず琴は声をあげた。

一九三二（昭和七）年五月十五日、日本の内閣総理大臣が凶弾に倒れたというニュースは世界中を駆け巡った。琴には、葬儀の際にチャールズ・チャップリンが弔電を送ったという日系新聞での報道が、強く印象に残っている。

「毅さんはすごく気さくな方でね、操さんのお家に行ったときによくお目にかかったけれど、あの頃は私も大好きだったわ」

千枝は平然とそう言ってのける。

もしかすると自分は、とんでもなく高貴な人物と話しているのではないだろうか。ほんの少しでも人生の歯車が違った周り方をしていたら、千枝はこうしてボロボロのガレージの二階で慎ましい生活をしているはずはなかったのだ。

そういえば千枝は、よく深く響く声で、まるで映画の中に出てくる貴族の女性のような話し方をする。彼女がヒラリバーの収容所でしていた話によると、若い頃に芝居の稽古をするに当たって、華族女学校で指導されていた話しぶりから自身の役を作ろうとしたために、今のような口調がすっかり板についてしまったらしい。

「操さんは今、どうされているんですか？」気を取り直したように、琴が訊《たず》ねた。

千枝は懐かしそうに目を細めてアルバムに視線を落としたまま、

「操さんもあの戦争のときはフランスにいたみたいだけれど、今は日本に戻っているそうよ」と、声だけを琴に向けた。

操は華族女学校の在学中、後に外務大臣や駐仏大使などを歴任する芳沢謙吉《よしざわけんきち》の妻となり、退学することになったのだという。

「本当は操さんも、きちんと卒業をしたかったと思うのだけれど。でも、とても良い方とめぐり会えたみたい。パートナーと一緒に世界中を渡り歩いて、今はやっと日本で落ち着いた生活をしているんですって」

千枝はそう言って、

「本当に、貞さんと結婚しなくて良かったわ」と、戯言めかして言い添えた。

琴はその言葉にどう反応して良いかわからず、ただ愛想笑いを浮かべていた。上山貞——後に上山草人《そうじん》という名で舞台俳優として名声を得て、Sojinとしてハリウッドの銀幕で活躍することになった彼は、あの庭球のコートでの出会いのあと千枝と夫婦になったのだ。

ヒラリバー収容所で開かれた映画の上映会で見た、『バグダッドの盗賊（The Thief of Bagdad)』。その中で、モンゴルの王子を怪演していた日本人俳優Sojinは、琴に強烈な印象を残した。

何より琴の目を惹いたのは、王子がずっと手にしている扇子だ。そのわずかな動かし方の違いによって、そのときどきの王子の感情が如実に表現されている。その動きが顔の表情と連動することで、銀幕に映し出される王子がいっそう怪しげに見える。この映画をきっかけとしてSojinがサイレント映画で世界的なスターの一人となっていったというのも、納得できる演技だった。

――あれが私のパートナーなの。もっとも、今はもう日本で別の女の人と暮らしているのだけれど。

上映後にさらりと千枝から聞かされた一言に、琴は呆気に取られて返事をすることさえできなかったことをよく覚えている。

けれども思い直してみれば、夫が相手だからこそこうして悪態を吐くことができるのかもしれない。琴はそう考えて、

「貞さんとは、テニスコートで出会ってから、すぐにお付き合いを始めたんですか？」

と、さりげなく訊ねた。

「そうでもなかったかしら。貞さんだけはやめておけっていろいろな人たちから止められたし、紆余曲折もあったから。たしかに滅茶苦茶な人ではあるから、仕方がないわね。それに、結局、操さんも貞さんのことを好きになってしまってね。毅さんに猛反対されて、ときどき座敷牢に閉じ込められていたそうよ」

「そうなんですか……」

反応に窮した琴は、顔を引き攣らせる。座敷牢が当たり前のようにある邸宅というも

のを、想像することができなかった。

「でも私はあの人のおかげで、少なくとも退屈でいることはなくなった。そのことにだけは、感謝しているの」

「素敵な人だったんですね」

「そうなのかしら？」

「違うんですか？」

琴が訊ねると千枝はじっと考え込んだ。そして、言葉を一つ一つ選ぶようにして、

「素敵と言えるのかはわからないけれど、不思議な魅力のある人なのよ。彼のことを大好きになる人はどこまでも惚れ込んでしまう。たとえば、日本で小説家をしている谷崎潤一郎さんが良い例ね。でも、彼が苦手な人からは、どこまでも嫌がられる。そういう人だったのかもしれないわ」と、答えた。

やがて千枝は、自身が俳優を目指すことになったきっかけについて、琴に向かって語り始めた。

それは、琴が予想していたよりもずっと長い物語だった。

＊　＊　＊

一九〇四（明治三十七）年五月八日、千枝が十八歳だった年の初夏のことだ。海軍省の周辺には、提灯を手にした人々が次々に集まってきていた。太陽が沈み、周囲に闇が降りてくるにつれて、一つ、また一つと灯がともり始める。

遠くから太鼓と笛の音が響いてきた。どこかの祭礼で聞いたことのあるような気がしたものの、それが何の曲だったのかを千枝は思い出すことができなかった。

「見事なものだな。戦地で多くの人が死んでいるというのに、誰もがそのことを忘れてしまったかのようだ」

皮肉めいた貞の言葉に、周囲にいる軍人たちに聞かれていないだろうかと千枝はヒヤリとした。ただでさえ貞は、検査を受けたときに血流に問題があったということで徴兵を免れているのだ。

周囲を見渡す。軍服を着た男性の一団が、少し離れたところに見える。その中の一人と視線がぶつかった。千枝は目を伏せるように黙礼をしてやりすごす。軍人のほうでも怪訝そうに眉根を寄せただけで、そのまま通り去っていった。貞の声は喧噪に掻き消されていたらしい。そのことにホッとして、千枝は息を吐いた。

安堵すると、ようやく貞の顔をまともに見ることができるようになった。貞は千枝に向かって何かを訴えかけるような眼差しを返した。

鴨緑江渡河作戦で日本がロシアに勝利したことを祝う提灯行列に一緒に来てほしい。

千枝は数日前に操からそう頼まれ、霞ヶ関まで同行することになった。操が貞と犬養家の外で会うことは父親から固く禁じられている。けれども千枝が一緒なら、世間体を気にする父は許してくれるだろうという。操の予想通り、父の毅は弟の健《たける》を連れて行くという条件でこの日の外出を認めたらしい。そのおかげで、千枝は久しぶりに浴衣の袖に腕を通すことになった。

操が貞に好意を向けるようになった当初は、犬養家でもそれを歓迎する向きだったそうだ。家柄も悪くないし、優秀な成績で早稲田に入学しているので将来の見込みもある。そうした評価が一転した原因は、貞が新派劇にのめり込み、藤沢《ふじさわ》浅二《あさじ》郎《ろう》という役者の弟子になってしまったことらしい。最近は星貞《ほしただし》という名を与えられ、犬養の家にはほとんど戻らず芝居の稽古をしているのだという。

操は貞と会うことを禁じられたが、頻りに貞と逢瀬を重ねたがる。父のほうではそれを許さない。とうとう父と娘は言い合いとなり、座敷牢に娘を閉じ込めてしまう。そんなことがたびたび繰り返されていた。

千枝は貞と健を挟んで向こう側にいる操に目を向けた。貞と積もる話もあるように思える。それが、なかなか口を突いて出てこないのだろう。四人は結局黙ったまま海軍省の敷地を通り抜け、霞門から日比谷公園に入った。

去年開園されたばかりの洋式公園はまだ真新しく、アーク灯が園内を照らし出していた。四人で並んで噴水まで歩いたところで、ようやく貞が口を開いた。

「操さん、今日はどうしても伝えなければいけないことがあるのです」

急に改まった態度で声を掛けられ、操が目を見開いたのが、暗がりの中でも千枝には見て取れた。

「何でしょうか？」

操からまっすぐに視線を向けられ、貞はたじろいだように歩を止めた。やがて一つ咳払いをして、はっきりと、一つ一つの言葉を選ぶように言った。

「実は父が病に伏していて、しばらく仙台に戻ってくるようにと。それで、しばらくは会えなくなると思うのです」

貞の言葉にも、操は表情を変えなかった。

「そうですか……」と、貞から視線を外して遠くを見るように目を細める。

操には何か言いたいことがあって、それを隠していることが、千枝の目にも明らかだった。けれどもそれがどういう内容なのかは見当もつかなかった。

「こちらに戻ってきたら大事な話を聞いて頂きたいと思うのですが」

貞が言い添えた。けれども操は、

「気をつけていってらしてくださいね。健さん、そろそろ遅くなるので、私たちは先に帰りましょう」と、貞の言葉には触れずに頭を垂れ、貞に背を向けてしまった。

「あっ、あの……すみません。僕も失礼します」

まだ八歳の健のほうでも、操のただならぬ空気を察したらしい。貞と千枝に向かって首だけをぺこりと曲げ、慌てて操を追っていった。

二人の背中を目で追いながら、

「冷たいなあ……」と、貞が呟く。それは千枝に向かって言ったというよりは、無理をして空笑いをしながら、自分自身に向かって独りごちたものだった。

たしかに操の様子はおかしかったと、千枝も思った。あれほど貞と会いたがっていたのだ。それなのに今日の態度はどうしたのだろう。何か心境の変化でもあったのだろうか。あるいは弟の健がいたために、恋人として振る舞うことが躊躇《ためら》われたのだろうか。

「やはり、ほんの十日あまりだったとはいえ文部大臣まで務められた国会議員のご息女の婿が役者だというのは、体裁が悪いのかもしれないわね」

千枝は言いながら、華族女学校で流れていた自分についての噂を内心で思い起こしていた。

——だって、千枝さんって芸妓の娘なんでしょう？　それできっと、婚約を断られたのよ。

千枝の母である松はもともと勝海舟の身内だったが、無役の旗本だった勝家とその親族たちの生活は苦しく、若い頃は芸の世界に身を置くこととなった。勝海舟の妻だった民子も深川の芸妓をしていたというから、もともと女が芸を売ることに対する抵抗感が少ない家だったのかもしれない。

「明治の世は四民平等。家柄や職業を気に掛けるなど、馬鹿げた話だ」

貞は千枝の言葉を笑い飛ばす。

「それが理想ね。でも、現実とはそのように思うままにはならないものではないかしら」

「いつもながら、君は本当に、はい……とか、そうですね……と、ふつうの女みたいに同意することをしないね」

「女が殿方の言うことに黙ってしたがうなんて、旧時代の価値観だもの。女だって自分で考え、哲学を学び、自らの意思で行動をするのが明治の世でしょう」

「なるほど」

「女学校に通って英文学を勉強しているような、生意気な女はお嫌い？」

千枝はニヤリと笑って、流すような視線で貞を見た。貞は、

「いや、嫌いじゃない。そういう態度でいるのが、新しい女かもしれない」と、大きな声をあげて笑った。その声は夜の公園に響き、提灯を手にした人混みの中に消えていった。

貞のこういった柔軟さを、千枝は好もしく感じていた。

たいていの男は凝り固まった考えを女に押しつけたがる。操によれば、貞は妙にこだわるところがあって、曲げないときにはけっして自分の考えを曲げないらしい。けれどもこうして彼自身が納得したときは、驚くほど素直に相手の言うことを受け入れる。その相手が誰であっても構わない。それはつまり、貞の首を縦に振らせるだけの筋道立てた話ができる者であれば、誰でも彼と穏やかな関係を築けるということでもある。

それに感情の起伏が激しく、喜怒哀楽を表に出すことを躊躇わない。男だからとかお構いなしに泣くときには泣き、笑いたいときには豪快に笑い飛ばす。ふつうの人間であれば他人の前では秘匿するようなことでも、平気で口にするし行動にも移す。

だから千枝は、貞のことを見ているだけで飽きない。操と貞との関係についても、友人の操には申し訳ないと思いながら、まるでメロドラマの芝居を見ている観客でもあるかのように内心で面白がって眺めていた。

ところがこの日はどういうわけか、いつもの傍観者の立場ではいられなかった。

「私も芸妓だった母の娘ですから、よくわかります」

頭にふと浮かんだ思いが、気が付くと言葉になって表に出ていた。自分でも、なぜこんなことを口に出したのかがわからなかった。

冷静になってみれば、母親のことなど話題にするべきではなかった。貞の母親は出産した直後に精神の病を患い、彼は幼くして母から引き離されて親戚の家を転々としていたそうだ。それに比べれば、自分の苦労など高が知れている。だから、貞の気分を害したかもしれない。けれども貞は千枝の言葉を気に留めない様子で、

「その程度の理由で千枝さんのようなできた女性を世の男たちが相手にしないというのなら、あなたは僕と一緒にいるといいでしょう」と、当たり前のように言う。

「あら、そんなことをしたら操さんに怒られてしまうのではないかしら」

「一夫一婦制や民法なんて、所詮、人間の作った決まりごとだよ。そんなものに縛られる覚えはない。二人の相手を同じだけ愛することができるなら、そのほうが面白いじゃないか」

「それに耐えられない人もおりますでしょう」

「どうかな。操さんはたしかにそうかもしれないが……」

貞は横目でこちらを見ている。その眼差しに千枝は、自分の内心が貞に見透かされているような気がした。

千枝はふだん、生真面目で倫理的な人間を装っている。約束事や決まりごとにはきちんとしたがうし、自分に課せられたことに対しては真摯に向き合う。だから華族女学校でも優等生で通っている。

けれども千枝の中には退屈の虫も同居している。この虫が暴れ出すときは、悪戯を仕掛けたり冗談を言ったりするくらいでは収まらない。学校の教師に食ってかかったり、

女学生としてあるべき姿から外れたような行いを平気で行ったりしてしまう。何か面白いことがあるのなら、その面白さに浸ってしまいたいという欲望がある。

本来であれば相反するはずの二つの性質。これらがどういうわけか、ぶつかり合うこともなく同居している。それが、三田千枝という人間だった。

「私は正直者だと言われるけれど、ふつうの正直者ではないの。自分の欲望に対して正直なのよ。真面目に生きていたほうが自分の欲望を叶えられるのならそうするし、面白おかしく振る舞ったほうが良いときにはそうする。それだけのことだと思うの」

貞の言葉に、千枝は当たり前のように淡々と返事をした。

「だったらなおのこと、僕と一緒にいたほうが面白いんじゃないかな」

「だめよ。操さんは、私みたいな考え方が受け入れられる人ではないもの」

「仲は良さそうに見えるのだが……」

「仲が良いからといって、同じ価値観を共有しているわけではないでしょう」

「なるほど、それは真理だ」

貞はおかしそうに笑いながら、薄暗い日比谷公園を奥のほうに進んでいった。そんな彼のあとを歩きながら、千枝は、たしかにこの人と一緒にいたらどれだけ面白い人生が送れるのだろうかと思う。少なくとも退屈の虫が暴れ出すことさえもできないほど、刺激的な毎日を送ることができるだろう。それは千枝にとって願ってもないことだ。

けれども一方で親友である操との仲を保っていたいという思いもある。それに、自分と貞は、あくまで性別を超えた友人どうしでなくてはいけないような気もする。

千枝は浴衣の裾に地面の土が飛び撥ねることも気にせず、トン、トンと跳ねるようにして貞の前に出た。

「どうした？」

貞が不思議そうに、千枝の顔を覗き込んでいる。

「だって、女が殿方の後ろを数歩下がって歩くなんて、今の世には相応しくないでしょう」

千枝は貞のほうを振り返った。

貞は早稲田で庭球部を作り、陸上で活躍し、学外では舞台の稽古をし、最近では絵の勉強を始めているそうだ。自分のやりたいことに次々と手を出している。そうして好きなように生きていることが、千枝には羨ましかった。だから、

「たまには、貞さんの一歩先を歩いてみたかったのよ」と、悪戯っぽく言って笑いかけた。

そんな彼女を、貞はすっと息を吸いながら目を見開き、しばらくのあいだぼんやりと眺めていた。

提灯行列の夜から数日後、貞は仙台の実家に帰っていった。

——すぐに戻りますから。女学校で操さんに会ったら、心配することはないと伝えておいてください。

貞は、日比谷公園で千枝にそう言っていた。

いちおうまだ操の家に下宿していることになっているのに、その程度のことを本人に直接伝えることさえできないのか。彼の言葉を反芻するたび、千枝には操と貞に対する哀れみにも似た感情が湧き上がってくる。

やがて一週間が過ぎ、二週間が経った。すぐに戻ると言っていたはずの貞は、仙台から東京に帰ってこなかった。ようやく届いた貞からのハガキには、実家に着いてすぐに父が亡くなってしまったので、しばらくはこっちにいることになると書かれていた。

学校でそのことを操に話すと、

「あら、それは大変ね」と、まるで他人事のような反応が返ってきた。

その態度に、千枝はさすがに眉を顰める。操は貞に恋をしていたのではなかったのか。何度も座敷牢に閉じ込められていながらそれでも貞と家の外で逢瀬を重ねたいと願い、貞との結婚を認めてもらえるよう父を説き伏せようとしていたのではなかったか。

「犬養の家には、貞さんからのお手紙は届いていないの?」千枝は操に訊ねた。

「どうかしら。届いているのかもしれないけれど、私には関係ないことだから」

「関係ないってことはないでしょう？　だって……」

あんなに貞さんのことが好きだって言っていたじゃない。

千枝がそう言葉を続けようとしたとき、先に操がぽつりと言った。

「私、父に言われて結婚することになったのよ。お相手は、外務省に勤めている官僚ですって」

「えっ？」

千枝の反応を横目で見て、操はぼんやりと窓の外に視線を向けている。そのまま、

「学校は退学するのだそうよ。高等中学科まで通ってきたのだから、せめて千枝さんと一緒に卒業はしたかったわね」と、声だけを千枝に向けて、小さく息を吐いた。

あまりに突然の言葉に、千枝はしばらく操が何を言っているのか理解ができなかった。

貞がようやく東京に戻ってきたのは、およそ一か月が過ぎてからのことだった。けれども千枝のところに何通かのハガキが送られてきたばかりで、なかなか貞に会うことはできなかった。貞は九月にある秋入学で早稲田の大学にそのまま進学するらしい。それに合わせて引っ越すので、準備のために忙しいのだという。

貞が犬養の家から外に出されるのは、やはり操が結婚することになったことも関係しているのだろうか。千枝はそのことを貞にたしかめてみたくもあったが、そういう込み

入った話を手紙上のやりとりだけでするのも気が引けた。

ようやく貞に会うことができたのは、夏が過ぎ、すっかり秋になってからだった。

――連絡が滞って申し訳ない。実は、葬儀と引っ越しの疲れからか、このところ寝込んでいるのです。

ハガキに書かれていたその文面を見て、千枝は返事を書くこともせず自宅を出た。

貞の新しい下宿は、犬養の屋敷からちょうど早稲田の校舎を挟んで裏手にある野球場近くらしい。蝦蟇《がま》館という奇妙な名前なので、すぐ見つかるだろう。そう思いながら、千枝は戸塚の街を足早に歩いた。

やがて、謎の男たちの集団が見えてきた。十人いるだろうか。着物を着崩した、見るからにバンカラの集団だ。早稲田の学生らしい。こういう野蛮な人間たちには、できることなら近づきたくはない。

けれども、ここを通らないと蝦蟇館には行けないようだった。千枝はできるだけその集団から離れるようにして、遠巻きに歩いた。すると、その集団は学生向け集合住宅らしい大きな建物の前で立ち止まり、玄関を頂点にした逆三角形の陣形を作っている。

玄関には、蝦蟇館という看板が大きく掲げられていた。ここが、貞の下宿だ。

なんて迷惑な。この集団の脇を抜けて、建物に入らないといけないのか。

千枝がそう思っていかにも嫌そうな表情を浮かべた直後、男たちによって作られた三角形の頂点にいる男が、突然大声を張り上げた。

「我々は、スポーツを心から愛する者！　よって、同志である上山貞君のため、ここにエールを送るっ！　それっ」

テング、テング、テンテング、テテンノグー！

　奮え、奮え、天狗！

T・N・G！　T・N・G！　T・N・G！

フレー！　フレー！　カ・ミ・ヤ・マ。

踊り始めた。十月の太陽の下、十人の体が波打っている。額から汗が滲み、激しい動きで雫が飛び散る。見ているだけで暑苦しい。

「暑い……暑いぞ！　脱ぐか！」

先頭の男が、快活な笑いを浮かべた。その言葉に、

「そうだな押川《おしかわ》天狗。よしっ、脱ぐぞ！」と、背後にいる男が答えた。

街中であることも気にせず、男たちは半裸になった。隆々とした上半身の筋肉が露わになる。そういえば千枝は、バンカラというものはどういうわけかすぐに服を脱ぎたがる種族だと聞いたことがあった。こういうことか。

始めは苦笑しながら眺めていた踊りだったが、見ているうちにだんだんと千枝のほうでも愉快になってきた。彼らのように他人からの眼差しや世間体のような面倒なことを

気にも留めず、好き勝手に振る舞うことができたら、どれほど心が楽でいられるだろう。

それにしても、と思い直す。カミヤマと呼んでいたのは、間違いなく貞のことだ。なぜ彼らは、貞をこうして応援しているのだろうか。

そんな疑問に千枝が首を傾げていると、突然、建物の二階西側にある部屋の窓ガラスが勢いよく開かれた。

「うるせー、こっちは病人だ！」

以前に会ったときよりもだいぶ痩せているが、顔を出してきたのは貞に違いなかった。

千枝がホッとしていると、さっき押川と呼ばれていた男が声を張り上げる。

「ははは、それだけの元気があるならもう安心だな、上山天狗」

「僕はあんたらの仲間になった覚えはない。そんなことより、原稿を仕上げたらどうだ」

「何だと？」

「岩崎さーん！　いました、押川が。ここです！」

貞が声をあげると、千枝の背後から猛然と一人の男が走ってきた。

「春浪《しゅんろう》先生っ、原稿……原稿をください！」

すると、

「そんなものが書けているわけがない！　俺は野球で忙しいのだ」と、押川が早口に答える。

「何言ってるんです！　あなたこうして遊んでいるだけでしょうが」

「俺には、日本国に野球を普及し、日本人を応援するという、重大な責務と意志がある」

「それはそれでやればいいでしょう。あなたに今必要なのは、締め切りを守る強い意志です。それでも博文館の編集者ですか！」

「そんなもの知るか！　俺は編集者でもあるが作家でもあるのだ」

叫びながら、押川は一人逃げていった。とてつもなく速い。岩崎という男も必死に追いかけていくが、どんどん押川との差が開いていく。

そのやりとりを笑いながら見ていて、ようやく千枝は気が付いた。押川春浪。少年向けの小説『海島冒険奇譚　海底軍艦』で一世を風靡して流行作家となった男だ。滅茶苦茶な人間だと聞いたことがあったが、その噂の通りだったらしい。

とはいえ、その押川春浪が抜けたおかげで、三角形に陣形を作っていた男たちがばらばらになった。千枝はその隙を突いて、蝦蟇館の中に駆け入った。

真新しい板張りの廊下を抜けて、二階への階段を上がる。さっき貞が顔を出していた部屋を覗くと、幸い入口の扉は開いたままになっていた。

「貞さん、ずいぶんとお元気そうで。良かったわね」

声を掛けると、蒲団にふたたび横たわっていた貞は、慌てたように半身を起こして千枝のほうを振り返り、

「千枝さん⁉」と、黒目勝ちな目をさらに大きく見開いた。

「お手紙で、体調を崩されて寝ていると仰るんですもの。様子を見に参りました」

「いや、そうだったか。面目ない」貞はそう言ってから、「急に早起きなぞ始めたから、体がついていけなかったのかもしれない」と、珍しく照れ臭そうな表情を浮かべた。

貞の話によると、父親が亡くなったことで経済的な後ろ盾がなくなってしまったらしい。それでもせっかく大学に進学したことだし、芝居のほうも続けたい。そのため東京に戻ってきてからすぐ、牛乳配達の仕事を始めたのだという。

けれども貞の体調不良の原因がそこにあるわけでないことは、千枝にはすぐにわかった。

「操さん、結婚されたらしいですわね」と、貞に話を振ると、今にも泣き出しそうなくらい情けない顔になって、傍目にもわかるほどがっくりと肩を落としている。喜怒哀楽が激しい人間だと操から聞いてはいたがこれほどだったのかと、千枝は貞に気付かれないように好奇の目を向けていた。

それでも、貞の憔悴ぶりはあまりに痛々しく、

「そういえば、さっきの人たちは何なんでしょう?」と、千枝はとっさに話題を変えた。

「ああ……隣の部屋が、押川先生が集めた早稲田の野球好きたちのたまり場になっているんだ」

「上山天狗というのは何なんです？」

「素人の集まりのことを天狗連と呼ぶだろう？　それに因《ちな》んで、身内の仲間のことをお互いに天狗と呼び合っているようだな」

「あら、貞さんもお仲間に入られたの？」

「勝手に入ったことになっていたらしい」

「ずいぶんと強引なのね……」

「運動が得意な人間を、次々に引き込んでいるんだ。押川先生が野球の対外試合をしたがっているのを新聞社が嗅ぎつけたみたいで、おもしろおかしく記事にしたがっているというからね。あいつらは天狗倶楽部だとでも吹き込んでやろうか。天狗連というよりは、ちょっと運動ができるからって天狗になっている連中だから、それくらいがちょうどいいかもしれない」

　貞が鼻でフンと笑いながら辛辣な言葉を口にしたので、千枝は少し安堵していた。良かった、いつもの貞だ。操についての話題を口にしなければ、多少の落ち込みはあるもののふだん通りにしていられるらしい。

　もしかすると押川は、貞がこういう状態になっているのを励まそうとして、あんな応援をしていたのではなかったか。それにしてはずいぶんと大袈裟だったが、そう考えれば天狗の連中も悪い人間たちではないように思えた。

天狗たちの一件があった日から、千枝はしばしば蝦蟇館に通うようになった。

貞の体調はだいぶ良くなって大学に通うことくらいはできるようになっていたし、食事は下宿についているという。それでも、洗濯や掃除もろくにしたことがない男が体調を崩したまま一人暮らしをしているのを放っておくというのは、さすがに人の道に外れているような気がした。

けれどもそれ以上に、貞の部屋には隣室に入りきらない天狗の連中が、ひっきりなしに出入りしている。そのほとんどは早稲田の学生や卒業生たちで、貞と同じように地方から上京してきた者も多い。今まで千枝が華族女学校で出会ってきた人たちとはまったく様子が違っている。そのため千枝にとっては、彼らに会うことが楽しみの一つになっていた。

橋戸信という男がいきなり義太夫節を唸りだしたかと思えば、野球でキャッチャーをしている泉谷祐勝は野球のスコアの記録法について延々と議論を交わしている。千枝がよく話したのは弓館芳夫という高等予科に通っていた背が低く可愛らしい少年で、天狗たちからは弟分として可愛がられていた。彼は異常なほど『西遊記』に詳しく、物語に勝手に脚色を加えて面白おかしく語り聞かせてくれる。

中でも千枝にとって愉快だったのは、やはり押川と話すときだった。彼は、勤めている博文館からの帰りがけにだいたい蝦蟇館に立ち寄っては、茶を飲みながら次に書く小説の構想を聞かせてくれたり、海外で起きた怪しげな事件を教えてくれたりする。その話がいつも奇想天外で、千枝にとってはたまらなく興味を惹かれた。

あるときなどは、

「千枝さん。女学校に通っている女学生たちに向けて娯楽雑誌を出すとしたら、どんなものを載せたら良いと思う？」と、珍しく真面目な顔をして訊ねてきた。

「それは、血湧き肉躍るような冒険譚ではないかしら？」

千枝の返事が意外だったらしく、押川は口をへの字に曲げて唸っている。

「それは少年向けの小説でしょう。女というのは、徳冨蘆花《とくとみろか》先生の『不如帰《ほととぎす》』とか、小杉天外《こすぎてんがい》先生の『魔風恋風《まかぜこいかぜ》』のようなメロドラマが好きなのでは？」

「たしかに、ふだんから新聞を読んでいるご婦人方はそうでしょうね」

「女学生たちは違う、と？」

「浪漫的《ロマンティック》な恋物語か、男の子が読むような冒険小説のどちらかだと思いますわ。私は、冒険小説のほうが好きだけれど……」

「女の子が冒険小説？」

「ええ。ああいうのは少年向けだという先入観は、持たれないほうがよろしいでしょうね。女学校の小説好きは、こっそりと隠れて『少年世界』を読んでおります。特に、弟がいるような人ならなおさら」

「そういうものか……」

「ヒロインがヒーローに見初められるところに感情移入している方もおりますし、主人公を手助けして戦う女性に自分を重ねている方もおりますわ」

押川は千枝の言葉を、腕組みをしてじっと聞いていたが、二年ほどが経って日本で最初の少女雑誌『少女世界』が博文館から創刊されたとき、第二号から本当に「少女冒険譚」の連載を始めて読者から非常に好評を得た。だから千枝は、もしかしたら押川は蝦蟇館での自分との会話を参考にして、この話を書いたのではないかと思っている。

もちろん千枝には、操以外にも華族女学校に数人の友人はいた。けれども、やはり操が退学してしまってからは、どこか学校にいても張り合いがない。ぽっかりと自分の生活に穴が空いてしまったような感覚があった。

蝦蟇館での天狗たちとのやりとりで千枝の退屈の虫がすべて満たされたかといえば、そんなことはない。それでも、ちょうど操がいなくなった部分を埋めることができたのはたしかだった。

けれども、こうして女学生が男たちに日々囲まれていることに対して、良からぬ思いを抱く者たちも少なくなかった。特に、華族女学校の生徒たちにとっては、バンカラの男たちなどはもはや人外の野獣のような扱いである。

――三田さんって、どうやら役者をしている早稲田の学生と恋愛をなさっているらしいですわよ。なんて野蛮なのかしら。

――殿方たちをしたがえて、女王のように振る舞っておいでなのですって。さすがに士族のご令嬢は男勝りですわね。

――自由恋愛といえば聞こえは良いですけれど、色情に溺れているだけという噂よ。本当に汚らわしい……。

そんな周囲の女学生たちの声が、漏れ聞こえてくるようになってきた。千枝のほうではできるだけ気に留めないようにはしていたが、やはり自分の耳にまで囁き声が届いてくることには苛立ちを募らせていった。

やがて、蝦蟇館で天狗たちとやりとりするだけでは、退屈の虫が抑えられなくなってくる。女学校にいるときはいつも不機嫌そうに眉間に皺を寄せ、ほとんど周囲の生徒たちと会話をすることもないまま、残り少ない女学校での毎日が漠然と過ぎ去っていく。面白くない。

それでも自分について言われているだけなら、受け流すこともできた。けれども、

——犬養さん、役者をしている殿方とお付き合いをするためにわざわざ退学されたんでしょう？
——三田さんがお付き合いをしている殿方、犬養さんから奪った役者だっていうじゃ
ない。

——役者なんかに懸想するなんて、さすが士族の方々は違いますわね。
こうして操のことにまで噂が及ぶと、千枝のほうでも黙っていられなくなる。しかも、
退学した理由がいつの間にかすり替わって、根も葉もない噂話のようになっていた。
千枝にとっては、操の名誉のために華族のお嬢様方とやり合うこともやぶさかではな
かった。そうはいっても、卒業まではそう多くの期間も残されていないので、ここで波
風を立てるのも馬鹿馬鹿しい。一方で、いっそ華族女学校など退学してしまって自由な
身になってしまおうかという思いもある。だが、それも両親に申し訳ない。
そんなふうに悶々としたまま、日々は過ぎていった。冬が過ぎ、春がやってくる。卒
業までの期間が、しだいに短くなっていく。
千枝がとうとう周囲の噂話に耐えられず、ぽつりと貞に漏らしたのは、ちょうど東郷
平八郎の率いる日本海軍が日本海でバルチック艦隊を打ち破った直後に、貞の部屋を訪
れたときのことだった。
「ねえ、貞さん。役者としてお芝居をするのって、そんなに愉快なのですか？」

千枝の問いかけに、貞は不思議そうに目を細めて千枝を見返した。

それは、千枝がずっと貞に訊こうとして、訊けずにいた問いかけだった。

考えてみれば、貞が芝居に熱中して藤沢浅二郎のもとに内弟子として入るようなことがなかったら、操との結婚も許されていたはずなのだ。そうすれば、父が亡くなったあとに金銭的な苦労をして牛乳配達をするようなことも、こうして半年近くも体を崩してまともに起きていられない時期が続くようなこともなかったに違いない。それでも、貞は頑として芝居をやめなかった。

貞は、「そうですね……」と、呟いたきり、すぐには千枝の問いに答えなかった。ぼんやりと天井を仰いで考え込んでいる。やがて、窓際にある文机《ふづくえ》の上に積まれた本を崩し始めたかと思うと、本と本との狭間から一枚の切符《チケット》を見つけ出し、千枝のほうに差し向けた。

「ちょうど良かった、千枝さんにこれを渡そうと思っていたんだ。毎日のように僕のところに来て、身の回りの世話をしてくれた御礼だよ」

「何でしょう、これは？」

千枝はまじまじと、貞の手元を覗き込む。

「七月に本郷座で、『金色夜叉』の芝居をやる。僕がそこで初めて役をもらったから、ぜひ見に来てくれませんか」

「新派のお芝居ですか？」

千枝が訊ねると、貞は「ああ」と頷いてから、

「新派のいくつかの一座が合同で公演するんだ。だからきっと面白いはずだよ」と、続けた。

本郷春木町にある本郷座は、数年前に川上音二郎一座がシェイクスピアの『ハムレット』を上演して以降は新派劇の拠点になっている。

千枝は子どもの頃に何度か、両親に歌舞伎に連れて行かれたことがあった。世話物をより現代風に改めた散切物《ざんぎりもの》には目新しさがあったし、九代目の市川團十郎は昔ながらの役者が演じるときのような誇張がなく演技がさっぱりしていて、洗練されていたように思えた。

けれども、千枝がどこか旧派の歌舞伎に馴染めなかったのもたしかだった。

五代目の尾上菊五郎はまるで本物の女のように色気があったが、やはりどこまでも男が演じる女であって、女そのものではないように思える。市川左團次が演じる時代物の主人公は猛々しいが、どこか嘘くさいような気がする。

たしかに歌舞伎は明治になって新しくなり、演じ方や演出が変わったらしい。けれども、そこで紡ぎ出される物語はやはりどこか現実離れしているし、作中に出てくる人物たちはどうしても、自分が生きている現実からはかけ離れた作り物であるように思えて

ならない。華族女学校の英語やフランス語の授業で、現実の社会とそこに生きている人々を克明に描き出している西洋の小説を読んでいた千枝にとって、旧派の劇はどうしても馴染めなかった。

もちろん、こうした作り物の世界に浸っていることが面白いという観客もいるのだろう。けれども千枝はそうではなかった。どちらかというと強く印象に残っているのは、三年ほど前に茅場町の薬師堂境内にある寄席の宮松亭へ父に連れられていったときのことだ。ふだんは滑稽噺を演じることが多い三遊亭圓遊が、ご当地の噺ということで師である三遊亭圓朝が作った『心眼』を高座にかけたのを見た。

『心眼』は、盲目の按摩である梅喜が主人公の物語だ。弟に借金を頼みに行ったところ目が見えないことを理由に断られた梅喜は、その悔しさのあまりお薬師様に日参をして目を治してもらおうとする。二十一日目、とうとう目が治った梅喜はたいそう喜ぶが、目が見えなかったときは気にも留めていなかった妻のお竹の容姿に嫌気がさし、自分に惚れているという美しい芸者の小春に恋心を抱いてしまう。

結局、目が治ったというのも、お竹の容姿も、小春が梅喜に惚れているというのも夢だったというのがオチになるのだが、目が見えなかったときには抱いたことさえなかったはずの女の容姿に対する欲望が、目が見えるようになったとたんに生み出されてしまう瞬間。それを生々しく演じた圓遊の高座を見て、千枝は、西洋の小説により近いのは、日本では芝居よりもむしろ落語のほうなのではないかとさえ思った。それ以来、芝居を見に行くことからはどうしても遠ざかってしまっていた。

「きっと面白いんでしょうね？」

確認をするように、千枝は貞の目をまっすぐに見て訊ねた。

「僕が保証するよ。つまらなかったら、途中で出て行っても構わない」

「ふうん……」

千枝は目を細めて鼻を鳴らした。自身が初舞台を踏むから貞もきっと昂奮しているためにこうして勧めているのだろうという思いと、新派といっても旧派の劇とそれほど変わらないのではないかという疑い、そして、貞がこれだけいうのだからもしかしたら本当に面白いのかもしれないという期待感とがない交ぜになっていた。

やがて、ガヤガヤと外から声が響いてくる。野球を終えた天狗たちが帰ってきたのだろう。隣の部屋から音が聞こえたかと思うと、部屋の入口にある襖が開いた。

ほとんど同時に天狗たちの数人が入ってきて、

「上山天狗、そろそろ体調も良いだろう。いい加減、俺たちの野球に加わってくれないか？」と、先頭にいた押川春浪が声を掛けてくる。

その直後、むわりとした男たちの汗の臭いに部屋が覆われた。いつもは彼らの会話に付き合う千枝だったが、こういうときはさすがに部屋の中にはいられない。

突然の喧噪の中、千枝はそろりと貞に近寄った。そのまま、

「わかりました。『金色夜叉』の舞台、私もぜひ拝見しようと思います」と、ぼそり、貞にだけようやく聞こえるくらいの声で囁いた。

貞の表情が、ぱあっと明るくなる。

「千枝さん！」と、声を掛ける。

けれども千枝はその声には答えず、背後に流すような視線を送ってから、そのまま貞の部屋を後にした。

ガス灯に照らし出された巨大な石造西洋風建築の本郷座が、夕暮れの中にぼんやりと浮かび上がっている。

けれども中に入ると、寺院によく見られるような格子状の天井の下に桟敷席が並び、舞台の下手には花道が作られていた。欧州にある劇場からいきなり日本の歌舞伎座に引き戻されたような不思議な感覚がある。

貞からもらった切符に書かれている千枝の席は、舞台からだいぶ離れた後方の桟敷にあった。役者の関係者であっても貞が大きな役をもらっているわけではないから、こういう場所をあてがわれたのだろう。けれども千枝は、むしろ少しホッとしながら足を少

し崩して座った。

千枝は背が高いので、こうして芝居を見に来るようなときは後ろにいる人の邪魔にならぬよう、自然と肩を窄《すぼ》めるようにして縮こまっていることが多い。後ろのほうにある席ならそうした気遣いが少なくて済む。

周囲を見渡すと、だんだんと席が埋まっていくのがわかる。

貞の師に当たる藤沢浅二郎が間貫一、人気が高い女形の河合武雄が赤樫満枝、同じく女形の木下吉之助が鴫沢宮、そして川上音二郎一座で演技派として知られる高田実が荒尾譲介を演じる新派大合同興行の『金色夜叉』は、七月十五日に行われた初日から非常に評判が良いらしい。昨日、一昨日の満員が新聞で報じられていて、四日目の今日も大入りのようだった。

観客席がすっかり埋まると、場内は喧噪に包まれた。新派の芝居は学生の客が多いので、男たちが談笑する声がところどころから響いてくる。

柝《き》の音が鳴り響いた。開演の合図は、歌舞伎と変わらない。満場の拍手が響き、やがて場内がすうっと静まり返った。次々に観客席からかけ声が響く歌舞伎に比べて、新派の芝居はずいぶんと静かなようだ。

尾崎紅葉原作、小栗風葉脚本による『金色夜叉』は、すっかり新派の芝居の定番になっている。

ふつうであれば、冒頭は熱海海岸の場面。許嫁だった宮がダイヤモンドに目が眩んで富山唯継のもとに嫁ぐこととなり、裏切られた間貫一は海岸で宮を問い詰める。やがて、「来年の今月今夜になったならば、僕の涙で必ず月は曇らして見せる」という台詞を吐き、宮を蹴り飛ばす。

しかしこの日の芝居では、『金色夜叉』では最大の名場面の一つともいえるこの部分が省略されていた。どうやら、このところ警視庁が新派の恋愛劇を頻繁に取り締まっていることが原因だそうだ。

舞台はいきなり、本来なら第二幕であるはずの新橋停車場。駅の構内にある洋食店で、間貫一の親友である荒尾譲介たちが高利貸しになった貫一について噂話を始める。そこへちょうど居合わせた貫一が、傍らで自分についての話を盗み聞いている。やがて荒尾たちが退場すると、この芝居のヒロインの一人となる赤樫満枝が登場。満枝は貫一に恋心を打ち明けるものの、宮に裏切られてからというものすべての人間という存在を忌むようになっている貫一はその想いを拒絶してしまう。

千枝はその一連の芝居を、なんだか拍子抜けしたような心持ちで眺めていた。

熱海海岸の場面が削除されてしまったのは、もちろん興ざめだ。けれどもそれ以上に、舞台上で展開されている物語や、演じられている人物たちが、どうしても嘘くさく思えてならなかった。どんなに新派といっても、台詞の言い回しや物語の舞台が現代風になっているばかりで、やはり旧派の歌舞伎と変わらないではないか。

舞台上の物語は進んでいく。学生時代の同級だった遊佐良橘と貫一が諍いを起こし、貫一が怪我を負って入院する。貫一の雇い主だった鰐淵直行の家が、鰐淵によって私書偽造罪に陥れられた息子の仇を取ろうとした老婆の放火によって炎上し、鰐淵が焼死する。原作の小説をダイジェストにしたような構成だが、そのためにいっそうメロドラマらしく、物語が起伏に富んでいる。

——君の恋人は君に背いたじゃろうが、君の友人はけっして君に背かんはずじゃ。その友を、なぜに君は棄てたのか！

評判となっている荒尾譲介が貫一に向かって高利貸しをやめるように説き伏せる場面。そこでも、千枝はただぼんやりと舞台上を眺めていた。退屈だ。早く貞が出てこないだろうか。気が付くとそんなことばかり考えていた。

ようやく最後のシーンになった。通常の『金色夜叉』の芝居とは展開が変わっているらしい。

小栗風葉が書いた脚本では、貫一が狭山という男を助ける話になっている。会社のお金を使い込んでしまったために、狭山は勤め先の社長から婚約者の静と別れて自分の娘と結婚するように迫られる。しかし狭山は静を捨てることができず、二人で心中を図ろうとするところを、貫一が救うことになる。愛よりもお金を選んだ宮と、彼女に裏切られてお金に人生をつぎ込むことになった貫一。そんな貫一と宮に対して、お金よりも愛を選んだ二人に接することで、貫一はとうとう宮から送られてきた手紙に目を通すことになる。『金色夜叉』のテーマがもっとも色濃く表れる重要なところだ。

しかしこの日の芝居では、一つ前の塩原温泉の場面が、そのまま引き続いて演じられることとなっていた。

貫一が、宮から送られてきた手紙を手にしたまま、塩原温泉近くの渓流に向かってふらふらと歩いていく。そこに宮と満枝が現れ、貫一をめぐって言い争いをしているうち、宮が満枝を刺し殺してしまう。殺人を犯した宮が、渓谷に身を投げる。それを貫一は、ただじっと舞台の下手で眺めている。

これらはすべて、貫一が見た夢らしかった。狭山を助けたことで改心して宮の手紙を読むのではなく、満枝と宮の本心を夢で知って、宮が本当は自分を愛し続けていたということに貫一が気付くという趣向らしい。

急に降って湧いてきた荒唐無稽な展開に、千枝は面食らった。

たしかに夢の場面は、原作にもあったものだ。けれども、そもそも満枝と宮とのあいだには、口論をするほどの接点がない。だから、舞台上の時系列の中にこの場面を挿入してしまうと、いったい何が起きているのかわからない。

周囲の多くの観客たちも、ぽかんと口を開いたまま、呆然と舞台を見上げていた。完全に置いてけぼりになって、舞台の上でだけ勝手に物語が進んでいく。

何の脈絡もなく、荒尾が乱入してきた。そこに目を奪われていると、いつの間にか死んで倒れていたはずの宮が白装束に早替わりをして立ち上がっている。

——宮さんは君に殺される気で、こうして白装束に身を纏っているのだ！

荒尾が妙に説明くさい台詞を吐いた。

貫一が宮の罪をすべて赦《ゆる》せば、宮はそのまま成仏するだろうという。

慌てふためいた様子で、

——わかった。僕はもうすっかり、宮《みい》さんのことを赦《ゆる》します。

貫一があっさりとそう認めた瞬間、ふっと舞台の上手が暗くなり、ふたたび明るくなったときには荒尾と宮の姿が消えている。その代わり今度は、宮に殺されたはずの満枝が起き上がっていた。すでに物語は滅茶苦茶だ。

——どうして貫一さんは、私のことを愛してくれないのですか！　私は失恋の腹いせに、これからは男という男をすべて陥れ、悩ましてさしあげようと思います。

その言葉が放たれた直後だった。

舞台の天井のほうから、音が響いてくる。三味線が激しくかき鳴らされ、太鼓がけたたましく打たれ、尺八の音が響いてくる。まったく予期していなかった激しい音楽に、観客たちがざわめき、いったい何事かと頭を上下左右に振ってキョロキョロしている。

　やがて、舞台上から銅鑼が鳴り響いた。

　驚いてそこに視線を戻すと、満枝が立っている奥の背景にあった岩陰から、金色の夜叉が現れた。

　貞さん！

　思わず声をあげそうになったが、千枝はそれをぐっと堪えて呑み込んだ。

　金色の夜叉を、貞が演じていた。

　裸のまま腰の部分にだけ布を巻き、顔も含めた全身を金色に塗っている。夜叉の左右には炎が揺らめき、その灯を浴びて闇の中に金色の姿が浮かび上がっている。天井からは金色の華が次々に舞っている。

　夜叉は流れてくる激しい音楽に合わせて踊っていた。振り付けが決まっているわけではないのだろう。手と脚とを長く伸ばし、流れてくる音楽と、夜叉が抱えた憤怒とを全身で表現した黄金の舞踏。音楽が続く限り、激しく踊り続ける。松明《たいまつ》の熱を受け、全身から汗が飛び散っているのが桟敷席後方の席からでもわかる。

　音楽が終わった。

　夜叉は突然、満枝の体を抱え込んだ。すると、抱きかかえたまま天に向かってすうっと二つの体が浮かび上がっていった。

　舞台の下手では、貫一が宮に近寄っている。そして、二人の愛をたしかめるかのように、宮の体を抱きかかえる。

　そこで、舞台は終幕となった。


　芝居が終わって本郷座の楽屋入口で千枝と落ち合うと、貞は困惑したように苦笑した。彼の姿を見るなり、千枝の笑いが止まらなくなってしまったのだ。

　貞の全身に塗られた金粉は洗っても落ちきらず、顔のところどころにまだ残っている。それを見た千枝が、舞台での様子を思い出してしまったらしい。

「だって、いくら新派だといったって、最後があまりにもでたらめなんですもの」

　苦しそうに息をしながらようやく千枝が笑いを堪えて言うと、貞は、

「稽古のあいだは、元の脚本の通りだったんだよ。それがいろいろやっているうちに、こっちのほうが面白いということになって」と、頭を掻いている。

「良かったじゃない。最後の夜叉が良いって評判になっているんですって」

　暗がりの中、千枝が貞に微笑みかける。

　青白い月明かりに照らし出されたその表情に、貞は虚を突かれたようにぼんやりしている。

「どうかされましたか？」

千枝が訊ねると、貞はふと我に返ったように、

「あっ、いや……芝居の興行は、客が入るに越したことはないからね」と、早口に答えた。

千枝の自宅は芝の南佐久間町、烏森《からすもり》駅から西へ十分ほど歩いたところにある。本郷からは一時間ほどかかるが、二人はそのままお茶の水のほうに向かって歩くことにした。そのあいだ千枝は、ずっとこの日に見た芝居のことを貞に向かって話していた。

思ったよりも新派と歌舞伎とで差は感じられなかった。前半は少し退屈だったので、やはり熱海海岸のくだりがない状態で『金色夜叉』を上演するのは難しいのではないか。荒尾が貫一に高利貸しをやめるよう説き伏せる場面が評判になっているのはたしかに納得できたが、長台詞が少し芝居がかっていて独特な語り口調になっているのが気になった。

そんな千枝の感想を、貞は真面目な顔つきで聞いていた。こうしてしっかりと芝居の感想を観客から聞くことがなかったので、貞にとっては新鮮だったらしい。

ちょうど小川町の交差点にさしかかったところで、千枝は言った。

「女形の演技が本当の女よりも女らしく見える、というのはわかるんです。でも、やっぱり演じられているのが物語の世界の女になってしまうというか、どうしても現実離れしてしまうのはずっと気になっていました」

千枝の言葉に貞は小さく唸ってから、

「市川九女八さんや、若柳燕嬢さんが呼べれば良かったのだけれどね。ほら、五月の新富座であった女優大会が評判になっていただろう？」と、首を捻った。

「女優、ですか？」

「女の俳優のことだよ。川上音二郎一座の貞奴さんなら、聞いたことがあるかな？　もっとも、若柳燕嬢さんのほうは談洲楼燕枝師匠のお弟子さんだから、女噺家と言ったほうが良いかもしれない」

「ああ、たしかに……」

千枝は歩きながら、じっと考え込んでいた。女の俳優という存在がいるというのは、聞いたことがある。けれども実際に見たことがなかったので、女が女を演じれば良いのだということに頭が回らなかった。

「なんだったら、千枝さんがやってみるかい？」

「ええっ!?」

千枝は目を見開いて、貞を見返した。

「千枝さんは背が高いから、とても良い。舞台に映えるし、声も良い。顔立ちも端正だからきっと向いていると思うのだけれど」

「舞台に映える、ですか？」

「ああ、遠くからでも姿が見えるというのは、役者にとっては重要だからね。欧州や米国では、身の丈が五尺六寸くらいあると重宝されると聞いたことがある。千枝さんは僕より少し低いんだから、ちょうどそれくらいじゃないか？」

「なるほど……」

貞の言葉に、千枝の心は期せずして弾んでいた。今まで体が大きいことを後ろめたく思うばかりで、それによって褒められたことなど一度もなかった。まして、そのことがむしろ必要とされるなど、想像したことすらなかったのだ。

貞は、なおも続けた。

「それに役者になれば、千枝さんの退屈の虫も少しは収まるだろう」

「あら、ご存じだったの？」

「操さんが前に、そんなことを言っていたから。千枝さんは退屈の虫に取り憑かれている、ふだんは常識人のはずなのに、その虫が騒ぎ出すとたんに茶目っ気が現れるって。それに役者になれば、僕も千枝さんと一緒にいられる時間が多くなるから、きっと楽しいと思う」

「ふうん……」

千枝はぼんやりと空を見上げながら、鼻を鳴らした。

ちょうどこの日は、満月だった。終幕の頃に東の空に出始めた月が、歩いているうちにだいぶ高くまで昇っていた。

　ぼんやりとその月を眺めていた千枝は、やがて鼻歌でも歌い出しそうなほど上機嫌な様子で、にこやかな笑みを貞に向けた。

「恋心を打ち明けるときに、昔の女の名前を出すだなんて。お芝居だったら、刺し殺されてしまうところね」

「いや、そんなつもりでは……」

　自身の思いを見透かされたことを覆い隠すように、貞は言い淀んでいる。けれども、すぐに気を取り直した様子で、

「父が亡くなって寝込んでしまったとき、いちばん僕のことを気に掛けて、毎日のように通ってきてくれたのは千枝さんですから。恩義以上のものは、感じているつもりです」と、真剣な眼差しを千枝に向けた。

　その視線に、千枝は少し驚いたように目を見開いて立ち止まる。そのまましばらくぼんやりと空を見上げていたが、やがて、ちょうど貞が操と最後に会った日比谷公園の夜に見せたのと同じようにトン、トンと跳ねるようにして歩き、貞の前に出た。

「ねえ……貞さん、英語で恋人どうしや夫婦のことを何というかご存じかしら？」

「couple……かな。夫婦なら、married coupleがふつうだと思うけれど」

「さすがね。でも、私はcoupleという言葉はあまり好きではないの。二人の人間が一心

同体になってくっついているような意味を含んでいるから、ちょっと不自由じゃないかと思って」

「なるほど、たしかにそうかもしれない」

貞が納得したように呟いたので、千枝は満足そうに目を細めた。そして貞のほうを振り返る。

「だからね、partner」

そう言って千枝は、貞に向かって歩み寄る。

「夫婦のことをそう呼ぶこともあるけれど、これなら仕事や行動を一緒にする仲間や相棒っていう意味になるでしょう？　一心同体ではなく、運命共同体。私と貞さんの関係は、そっちのほうが合っていると思うの。お互いに自由に、でもけっして裏切らない。それならきっと、退屈しない毎日が過ごせると思う。こういうのは、どうかしら？」

千枝は貞に向かって、まっすぐに手を差し出した。まるで欧米の人々が、交渉し、契約を交わすときのような素振りだ。

貞が大きく頷いて、その手を握り返す。

その反応に、千枝は白い歯を見せた。

「契約成立ね。卒業式が終わったら、いろいろと計画を立てましょう。きっと、楽しい毎日になるわ」

そう言って、千枝はポンと貞の腰を叩く。

華族女学校の卒業式まで、あと数日に迫っていた。千枝は手を組んで上のほうに上げ、大きく体を伸ばしながら、

「これでやっと女学校の面倒なしがらみから解放されるのよ。長かったなあ……」と、心の底からホッとしたように息を吐いた。

第二章　文芸協会

「本当に、ごめんなさいね。貞さん、このところ出かけてばかりいるものだから」

南佐久間町にある自宅にやってきた客人に向かって頭を垂れながら、千枝は淹《い》れたばかりの茶を差し向けた。客人はもともと細い目をいっそう細くして、

「ああ、別に構わないですよ。婿殿というのは、なかなか家に居づらいものでしょうから」と、気にしない様子で笑って続ける。「どこへ行かれたか、心当たりはありますか？」

その問いかけに、千枝は取り繕ったような顔つきで答えた。

「どうもこのところ、毎日のように上野公園に行っているみたいなの」

「上野公園に？」

「ええ。なんでも、動物園の熊をずっと眺めているうちに、気が付くと日が暮れているんですって」

「そういえば草人くんは、このあいだの会で動物園の句を詠んでいましたね」

「動物園で俳句が詠めるのかしら？」

「目の前にある実景を写し取るのなら、造作もないことです」

「そうなの？」

千枝はどこか腑に落ちない思いを抱えながら、客人の言葉に首肯した。

客人は、佐藤惣之助といった。貞が本郷座の大部屋にいたときに、芝居の脚本を書いていた作家・俳人の佐藤紅緑がやってきて俳句に誘われた。それで参加した句会で惣之助に出会って意気投合し、それ以来ずっと俳句仲間、釣り仲間として付き合っている。草人という貞の俳号も、その句会で名乗るようになったものだ。

——人間と話しているくらいなら、熊でも見ていたほうがましだよ。このところ、ほとほと人間というものが嫌になった。

しばらく前、貞は千枝に向かってそう口にした。

二年ほど前から、新派の芝居には以前にも増して客が集まるようになった。すると、しだいに新派の座主たちは新しい芝居を打つことなく、当たった芝居ばかりを繰り返し演じるようになったのだという。それでも客の入りは途絶えない。新鮮さが薄れてから集まった観衆は、目新しい演目よりも定番を好む。以前に見たことのある芝居や以前見たものと似たような芝居を繰り返し見て、すでに知っているお約束の場面に接することで同じ感動を繰り返し味わおうとする。

——これではすぐに客が離れていく。こういう観客はいずれ飽きるから、せっかく形になった新しい演劇が廃れていってしまう。

貞はそう言って、危機感を露わにした。

そうした観客たち以上に貞が不満を抱いているのは、新派の関係者たちに対してらしかった。金回りが良くなったのを良いことに、座主や役者たちは次々に妾を囲ったり、吉原に通って遊んだりしてばかりいる。稽古をして芝居を良くしようとか、もっと上手くなろうという気概すらも失ってしまったらしい。同じ題材を繰り返し演じ、たとえ新しい演目を扱うときでも、ほとんど他の脚本と同じようなものをやって目先を変えれば良い。稽古なんていらない。それが、新派の関係者たちの感覚のようだった。

すでに衰退の兆候は如実に出始めていた。新派の演劇よりも、早稲田の関係者が中心になって進めている翻訳劇のほうが、しだいに客の入りが良くなっている。日本の小説を原作にする新派に対して、こうした翻訳劇はより西洋の演劇に近いことから新劇と呼ばれるようになっていた。

そして、もっとも貞が苛立ちを募らせていたのは、川上貞奴に対してだった。

師である藤沢浅二郎が設立した東京俳優養成所で、貞は幹部の一人として中心的な役割を果たしていた。そこで女性の俳優を養成する必要性を説いたところ、いったんは藤沢も首を縦に振って前向きな意思を示していた。

けれども、藤沢が東京俳優養成所を設立する二か月前に、貞奴が帝国女優養成所を設立していた。そこに、藤沢が男性俳優に加えて女性俳優を自前で育てようとしていることが漏れ伝わった。貞奴から女優はこちらに任せるよう圧力があり、藤沢が折れてしまったのだという。貞はそのことに怒り狂ったが、藤沢としても川上音二郎一座にはずいぶんと借りがあって首を縦に振らざるを得なかったらしい。

そんな状態だったから、貞の新派の芝居に対する熱はこのところすっかり冷めてしまっていた。化粧術の基本を身につけたいと言って早稲田の大学を中退してまで入学した東京美術学校も、この頃はほとんど通ってすらいない。

もちろん貞としては、貞奴が始めた帝国女優養成所に千枝を入れるというわけにもいかなかった。そのため、本郷座の夜からすでに三年半近い歳月が経っているにもかかわらず、千枝はまだ俳優としての入口に立つことさえできていなかった。

「僕としては、千枝さんがお芝居に出るのなら、ぜひ見に行きたいと思いますけどね。きっと良い役者になりますよ」

惣之助が言うと、千枝は、

「私は今、こんな状態ですから。機会があればやってみたいとは思うけれど、今すぐにでなくたって良いのよ」と、のんびりと構えた。

そう言いながら、千枝は隣の部屋に視線を向けた。

年始に生まれた長男の平八が寝息を立てている。子どもが産まれたためか、あるいはこの三月十四日に貞と籍を入れたためか。このところ退屈の虫が騒ぐことがなくなり千枝はすっかり落ち着いていた。

千枝を訪ねてときどき遊びに来る操に言わせると、華族女学校の頃にあった茶目っ気がなくなってしまってちょっと物足りなくなったのだそうだ。ぜひ自分と貞との仲人をしてほしいと、母を連れて操の父である犬養毅を訪ねて論陣を張ったときが、千枝が退屈の虫を暴走させた最後の機会だったという。

もともと自分の娘と結婚したいと言い続けていた貞の仲人となることを、犬養毅はさすがに渋った。けれども、犬養の家にある庭球のコートが初めての出会いだったからと、千枝が毅を説き伏せてしまった。あのときほど父が困惑しているのを見たことはないと、操はこのときの様子をよく笑い話の種にしている。

「それにしても、美術学校も芝居も興味を失ってしまったとなると、草人くんもやることがないでしょう。どうです、そろそろ俳人として本腰を入れてみては？」

「あの人、そっちの素養はあるのかしら？」

千枝が穏やかな表情を向けると、惣之助は言葉を失った。貞の句は、けっして悪くはない。ときどき、句会の参加者や俳句の師である佐藤紅緑を唸らせるような句を作ることもある。けれども、それでは俳人としてそれだけでやっていけるかと言われると、惣之助もすぐにそうと答える自信はない。むしろ、以前たまたま句会に遊びに来た千枝が即興で作った句のほうが、貞の作る句よりも可能性を感じたほどだったという顔つきをしている。

惣之助の返事がなくても、言わんとしていることを察したらしい。千枝は、

「いざとなったら私がお琴や謡でも教えて、生活に必要なお金くらいはなんとかしますから。貞さんは私を退屈さえさせなければ、それで構わないのよ」と、冗談だか本気だか、惣之助の目からはわからない態度で言い添えた。たしかに千枝は、子どもの頃から琴と観世流の謡曲を習っていて、ともに師範になれるほどの腕前だという。

そのとき、不意に玄関のほうでバタバタと音が鳴り響いた。貞が帰ってきたようだ。ひどく急いでいるらしく、足音が近づいてくる。やがて、

「千枝さん！」と、勢いよく部屋の襖が開かれた。貞が部屋に転がり込んできた。

「どうしたの、そんなに慌てて」

息を切らしている貞に、千枝は目を丸くしている。

「これを見てくれ」

貞が一枚の紙を、千枝のほうに差し向けた。引き札――広告のチラシか何かだろうか。何気なくそれを受け取った千枝は、そこに印字された文字に大きく目を見開いた。

――文芸協会演劇研究所　第一回生徒募集

陸軍砲兵学校の前を西に向かって歩くと、小さな社がある。もともとは、平安時代に源義家が奥州討伐に向かう途中に宿営し、戦に勝った帰りに安芸の厳島神社を分社して建立したらしい。やがて、南北に通り抜けができることと、苦難をくぐり抜けさせてくれる弁天様を祀っているということから、抜弁天《ぬけべんてん》と呼ばれるようになったそうだ。

その角を南に折れると左側に広大な土地があって、大きな邸宅が建っている。ここが、貞が早稲田に通っていた頃に教わっていた英文学の教員である坪内逍遥の屋敷だった。もともとは六八〇坪もあったが、少し前に一部を売却して、その部分に六〇〇人ほども収容できる新しい劇場を建てる予定になっている。その建物が、文芸協会演劇研究所になるのだという。

新しい劇場ができるまでのあいだ、文芸協会は逍遥の自宅からすぐ近くにある建物を借りていた。ここが、しばらくのあいだ仮校舎になるそうだ。

貞はずいぶんと慣れた様子だったが、千枝はやや緊張した面持ちで玄関をくぐった。廊下を通り抜けると、開いたままになっている襖の向こうにある座敷には、すでに十人ほどの研究生たちが集まっていた。

「草人さん！」

貞は声を掛けられた。貞と千枝がほとんど同時に振り返ると、物腰の柔らかそうな男性が立っていた。

「おお、百千万億。君も合格していたのか」

貞の百千万億という呼び方に、千枝は首を傾げた。どうやらそれが本名で、「百千万億」と書いて「つもる」と読むのだそうだ。けれどもこれだけ変わった名前だと、どうしても百千万億というのが渾名になってしまう。

「おかげさまで、なんとか」

「僕は補欠合格だから、どうかお手柔らかに」

「いや、草人さんのばあいはちょっと違いますし……」

佐々木百千万億は恐縮した様子で肩を窄めた。

藤沢浅二郎のところで新派の俳優としてキャリアを積んでいる上に、女性俳優の養成をめぐって新派と対立した貞を演劇研究所の研究生とするかどうかについては、一悶着あったらしい。特に、顧問の立場にいる坪内逍遙が新派の芝居を嫌っていて、役者が型に嵌まった演技をしてしまうことを理由に強く反対したそうだ。しかし、

——自分は今まで、芝居の悪いところばかり見てきました。どうか良い方向へ導いてください。

追加試験の面接で貞が述べた口上に逍遙がいたく感動し、入学を許可された。

とはいえ入所したあとから聞いた話では、文芸協会には千枝の父である三田守一の旧知で、逍遙が若い頃から『読売新聞』で記事を書くときに世話になっていた土肥春曙が関わっている。だから、千枝と貞を不合格にするわけにもいかず、なんとか逍遙を説得するために補欠試験の場を設けたということだった。

また文芸協会にとっても、研究所の新入生には芝居の素人が多い。だから、少なからず経験がある貞の入所は、この上なくありがたかった。

けれども、妻である千枝までその煽りを受けて、一緒に追加試験を受けることとなった。

千枝のほうでは落とされたら落とされたで仕方がないと笑っていたが、補欠合格が決まるまでのあいだ、貞は気が気でなかったようだ。いつも以上にピリピリした様子で、さすがの千枝もなかなか声を掛けづらい日が続いていた。それがここ数日、貞もようやく落ち着いてきた様子でいる。

貞と百千万億は、しばらくのあいだ立ち話をしていた。どうやら早稲田での知り合いだったらしい。貞がこの頃は美術学校にも行かなくなったことや、化粧術の研究は個人的に続けていること、そして、新派はもうこりごりだが文芸協会の新劇ならまた芝居に打ち込めるかもしれないという内容が聞こえてくる。

千枝は少し離れたところで二人のやりとりをぼんやりと聞いていたが、不意に、背後からドンとぶつかってくる者があった。

「あら、失礼しました」

言いながら、千枝は振り返った。

そこには、一人の女性が立っていた。細面で、一重瞼の奥にある黒目勝ちな瞳が、まっすぐにこちらを向いている。一方で鼻が西洋人のように妙に高く、遠くから見ると違和感がないのだが、近くで見るとまるで作り物のような印象がある。

演劇研究所の試験にいた女性は、千枝を除くとあとは二人だけだった。たしか、五十嵐芳野、前沢正子と言っただろうか。その後、一期生の補欠となった千枝からやや遅れて、二期生として河野千歳という女性が入ったと、貞から聞かされた記憶がある。

目の前にいる女性は試験場で見かけた記憶があった。ということは、五十嵐か前沢のどちらかだろうか、千枝がそんなことを考えていると、

「おお、お久しぶりです」と、貞の声が聞こえてきた。

「お知り合い？」と、千枝が訊ねる。

「藤沢先生の東京俳優養成所で日本史の講師をしている、前沢誠助さんのワイフだよ。藤沢先生のところでは女性俳優の養成を止めさせられたし、貞奴のところでは不合格になったから、こっちに来るしかなかったんだろう」

「そうでしたか……」

千枝はぼんやりと漏らすように声をあげると、前沢正子のほうを向き直って、「貞さんのパートナーの千枝と申します。よろしくお願いいたします」と、にこやかに微笑んで頭を垂れた。その言葉に、正子は、

「よろしく」と、ようやく千枝の耳に届くくらいの声で返事をする。

その反応は、千枝にとっても意外なものだった。驚いて顔を上げると、正子は険しい表情を千枝に向けている。何か、気分を害するようなことでもしただろうか。そう思って、

「どうかされましたか？」と、千枝は訊ねた。

「ううん、何でもない」

正子はぽつりとそう答えて、そのまま部屋を出て行った。

やがて、所長の坪内逍遙が入ってきて、演劇研究所の入所式が始まった。そのあいだ千枝はときどき、自分に視線が向けられているのを感じた。その視線の主は、正子だった。文芸協会会頭の大隈重信が挨拶をしているあいだも、じっとこちらを見ている。

入所式のあとの記念撮影では、千枝、正子、五十嵐芳野、河野千歳の四人が並んで写真を撮ることになった。そのときにも、正子は千枝の左隣になったにもかかわらず一言もこちらに声を掛けず、芳野や千歳とばかり話していた。そんな正子の様子に、千枝は内心でずっと首を傾げていた。

入所式からほどなく授業が始まった。

文芸協会は早稲田の講師をしている島村抱月が欧州留学から帰国して早稲田の教員となった一九〇六（明治三十九）年に、文学、美術、演劇などを日本でもより発展させる必要性を訴え、師である坪内逍遥を巻き込んで作った組織だ。その中の一組織として作られた演劇研究所は、俳優の養成だけでなく、演劇について研究と、演劇学の修得を目指している。そのため入所した生徒たちは、俳優としての稽古をするだけではなく、島村抱月や坪内逍遥はもちろん、大西祝、市島春城、高田早苗といった当時一流の文学研究者、文芸評論家たちの講義を受けることも必修となっていた。

千枝も華族女学校に通っていた頃に、何度も文学の授業は受けていた。けれども、欧州で書かれ、演じられている文学の最先端を講じる文芸協会での講義はあまりに刺激的で、学生時代の千枝のように退屈の虫が騒ぎ出すことは一度もなかった。

俳優としての稽古は、写生と呼ばれる授業から始まった。生徒たちは西洋の演劇を日本語にした新劇の台本を与えられ、その中に登場する作中人物に擬態して台詞を口に出していく。

その日の課題は、坪内逍遥が文芸協会での試演のために翻訳した、シェイクスピアの

『ハムレット』だった。

「……その……お教訓《おしえ》は、…………妾《わらわ》の心の護衛《まもり》にして…………、必ず忘るることでは……………無い」

ひどくたどたどしい台詞回しが、部屋に響く。声もほとんど出ていないので、生徒たちの輪の中にいてもようやく耳に届くくらいだ。はにかんでずっと下を向いたまま、なんとか声にしようとしている。

声の主は、前沢正子だった。

一人目の夫と離婚し、二人目の夫となった前沢誠助が東京俳優養成所で講師をしている縁で新劇や新派の舞台を見た正子は、自分も平凡な主婦としての日々から脱却したいと言って、川上貞奴が始めた帝国女優養成所の入学試験を受けたそうだ。けれども、鼻が低くて顔に華やかさがないという理由で不合格になったのだという。

どうしても俳優になることを諦められなかった彼女は、蠟《ろう》を注入するという手術を受けて鼻を高くした。数年前に西洋で開発されたばかりの新しい術式だ。そうして、満を持して文芸協会演劇研究所の入学を希望してきた。

そんな経緯があるためか、もともとの性格のためか、正子は研究所で他の生徒たちとはほとんど交わらなかった。講義の時間も一人だけ周囲から離れたところにいて、じっと講師の顔を見つめながら非常に熱心に話を聞いている。

もう少し余裕を持って、ノートを取りながら講義を受ければ良いのに。千枝が貞にそんな話を振ると、

――前沢さんのワイフは小学校を出たあと裁縫学校に通っていたくらいだから、研究所でやっているような講義は受けたことがなくて、ノートの取り方もわからないのだろう。歳も近いのだし、千枝さんが面倒を見てあげればいいんじゃないか？

貞は何気ない様子でそう言った。たしかに千枝は一八八五（明治十八）年、正子は一八八六（明治十九）年の生まれだが、月で数えれば四か月しか違わない。五十嵐芳野は一八八九（明治二十二）年、河野千歳にいたっては一八九二（明治二十五）年の生まれなので、二人に比べるとだいぶ年が下になる。

「もう良いです」と、指導に当たっている坪内逍遙が、正子の写生を途中で止めた。「最初から上手くできる者などおらんのだから、せめてもう少し声を出せるようにならんといけませんな」

その言葉に、もう一人の講師である島村抱月が言い添える。

「それにしても、正子さんはたいしたものです」

「ん？」

逍遙は眉を顰めた。

「だってそうでしょう。写生のときに、本を見ないでやっている。つまり、台詞がすで

に頭に入っているということです。非常に熱心で、良いではないですか」

抱月の言葉に、正子の頰がぱあっと紅潮した。

「そうなの！　ここ数日、ほとんど徹夜で覚えたのよ」と、まるで、数年ぶりに会った恋人に話しかけでもするような華やいだ顔つきで応じる。

「ははは、あまり根を詰めると、前沢君に愛想を尽かされてしまうぞ」

その言葉に渋い顔をしたのは、今度は逍遙ではなく千枝だった。抱月が正子に甘いというのはもちろんである。けれどもそれ以上に、男が懸想をした女に声を掛けようとするときに感じられるものに似たある独特の空気が、勘のように感じ取られた。それは、千枝がもっとも嫌う類のものだ。

抱月と正子のやりとりに、逍遙は小さく息を吐いた。そして、

「では、三田千枝くん。同じ場所をお願いできるかな」と、本に目を落としたまま声だけを千枝に向けた。

突然、自分に振られたために、千枝はしばらくきょとんとしていた。けれども、すぐに気を取り直して本に視線を落とす。しばらくのあいだ目を閉じて、『ハムレット』のオフィーリアを想い描いた。その想像の中のオフィーリアに語らせるイメージで、千枝はゆっくりと口を開いた。

――そのお教訓《おしえ》は、妾《わらわ》の心の護衛《まもり》にして、必ず忘るることでは無い。したが兄上、と

もすると我が訓《おしえ》を人は自身では能《よ》う守らぬ。不品行《ふしだら》な牧師は、他人《ひと》には天へ往《ゆ》けという
て、険阻《けんそ》な荊棘路《いばらみち》を教えておき、自身は放埒《ぼうさま》な人のように、あだ美しい花の咲く自堕落
な道を通るとやら。そのつれなことをさしますなや。

『ハムレット』第一幕第三場、「ボローニャス邸の一室」。最初にヒロインのオフィー
リアが登場するシーンだ。
デンマークの宰相ボローニアスの娘であるオフィーリアが、兄のレアティーズと話を
している。留学に出発しようとしている兄は妹に向かって、たとえハムレットが愛して
いると言ってきても、ハムレットとは身分が違うのだから、くれぐれも真に受けないよ
うにと忠告する。それに対してオフィーリアは、その教訓を受け入れる一方で、兄も自
らが口にした教訓にしたがい、留学先で放蕩をすることがないようにと言い返す。
その場面を、千枝はまるで年上の女性が、年下の男性に向かって諫めるような口調で
演じた。深い響きのある声でゆったりと、落ち着いた口調で声に出した。
千枝の落ち着き払った演技に、その場にいた生徒たちはもちろん、講師の逍遥や抱月
もほとんど同時に息を呑んだ。
千枝が声を出すのを止めた。しばらくの沈黙がある。
やがて、逍遥が大きく息を吸って、まっすぐに千枝を見つめながら訊ねた。
「どうして今のように演じましたかな?」

「理由……ですか？」

千枝は逍遙の質問に対して、答えを頭の中でめぐらせていた。

「オフィーリアは、恋人であるハムレットよりも父や兄の忠告にしたがい、そのためにハムレットの愛を失った、父や兄の操り人形のような娘だと講義したはずだが」

逍遙が言い添えたことで、ようやく最初の質問の意図が理解できた。千枝はにこやかに逍遙を見返して、口を開いた。

「この場面は、最初の二つの場面で描かれたハムレット家の冷えきった人間関係とは正反対の、兄妹どうしで忠告し合うようなボローニアスの一家の温かいやりとりですから」

オフィーリアは、ほとんど自分の意志を持たない女性として描かれている。それは間違いない。しかし、それは全編を通じてのものではないのではないか。

それが、千枝の考えだった。

英語の原文を読むと、家族であるボローニアス一家の人々とやりとりするときと、それ以外の人々との会話では微妙にニュアンスが異なっており、家族での会話には親しみが感じられる。だからこそ、この第三場は、第二場のハムレット家の直後に置かれているることの意味があるのではないか。

なおも、千枝は続けた。

「それに、もし私がオフィーリアだとしたら、お兄様とこうしたやりとりをするのであれば冗談のように言い返したと思います」

「オフィーリアになりきった、と？」

逍遥がふたたび千枝に訊ねて、小さく唸った。

「一人の人間として役を演じるのが西洋の演劇で、それが、芝居に出てくる人物を元々あるさまざまな型のうちの一つに嵌《は》めて演じる新派との違い。先生が講義でいつも仰っていると、以前から夫にそう伺っております。私も、演劇とはそういうものだと考えておりました」

「なるほど。それはたしかに、僕が講義で言っていたことだ」

逍遥は千枝の言葉を聞いて、愉快そうに笑った。そのおかげで、さっきまでのピリッとした空気が、一気に和んだものになった。

けれども、その中で一人、前沢正子だけは様子が違っていた。ぎゅっと唇を噛みしめ、睨め付けるように千枝を見ていた。


その日の授業がすべて終わると、千枝は貞と一緒に演劇研究所の建物を出た。

「さすがは華族女学校の優等生だな。千枝さんは何をやっても器用にこなす」

貞は歩きながら、感心したように息を漏らした。

「そんなことないわ」と、千枝は貞の言葉をやんわりと否定する。「女学校にいた頃に比べると、記憶力が落ちているもの」

「ああ、台詞のほうか」

「前沢さんみたいに、きちんと覚えないと」

千枝の言葉に、貞は道を歩きながらしばらく考え込むようにして黙っていた。やがて、

「必ずしも、あんなふうに丸暗記する必要はないだろうね」と、真剣な顔つきをして言った。

「どういうこと？」

千枝が問い返す。芝居をするのであれば、まずは台詞が頭の中に入っているというのが基本ではないか。少なくとも、坪内逍遥や島村抱月は、講義で繰り返しそう言っていた。けれども、貞の考え方は違った。

「講釈師や落語家が言う、点取りというのを知っているかな？」

「何ですの、それは？」

千枝は、その言葉を知らなかった。すると貞は、

「千枝さんにも、知らないことがあるんだな」と、どこか安堵したように冗談めかして言ってから続けた。「点取りというのは、師匠から新しい噺を習うときに、物語の要所

要所だけを書き取っていくことを言うんだ」

　貞によれば、講釈師や落語家は、台詞のほうももちろん頭に入っている。けれども、台詞を覚えてそのまま演じたのではどうしても作中人物が型に嵌まってしまい、通り一遍の高座にしかならない。だから、あえて物語の要所要所だけを頭に入れて演じる。場面を頭に思い浮かべ、その場で作中人物になりきる。そうすると自然に会話が回るようになり、あたかもそこに一人の人物が降りてきたかのように観客に見せることができるのだという。

　最後に、貞は言った。

「千枝さんは前に、三遊亭圓遊がやった『心眼』が良かったと言っていただろう？　それに今日の写生の授業では、オフィーリアになりきろうとしていた。そう考えると、たぶん千枝さんは、役を演じるタイプの役者じゃなくて、役が降りてくるタイプの役者なんだよ。前沢先生のワイフとはまったく逆のタイプだ」

「前沢さんはどういうタイプなのかしら？」

「あの人は……そうだな。あくまで前沢正子として、役を演じるタイプだろうな。いや、彼女の芸名は松井須磨子とするんだったか。つまり、彼女はきっと、たとえどんな役を演じても、あくまで松井須磨子であるという役者になるだろうね」

　貞の言葉を、千枝は感心しながら聞いていた。パートナーとなって三年以上にもなるが、ふだんの貞が何を考えているのか、千枝には一向に摑《つか》めなかった。時に思いも寄らないような、突拍子もない行動をする。演劇研究所に入る前に毎日のように上野公園に通って熊を眺めていたときは、何がやりたかったのか今でもわからない。話すことも、一見筋が通っているように見えて、実は脈絡がないことも多い。

けれども芝居について話すときだけはいつも真剣で、口に出す内容も的を射ているように思える。そうした貞の変わり様を、千枝はまるで何か珍しい生き物とでも向き合っているときのような眼差しで眺めていた。

「そういえば、そろそろ千枝さんも芸名を決めないといけないね」

貞が、思い出したように言った。

役者としての貞は、これからは星貞ではなく、上山草人を名乗ることになっている。上山は貞が千枝と結婚する前の姓。草人は俳句を詠むときの号で、案山子《かかし》がいつも同じ服を着て水田に立ったまま身動きが取れないでいるということを表しているらしい。仙台から東京に出てきてからというもの、さまざまなことに思い悩みながら日々を生きる自分の姿を自虐的に示したものだという。来月、演劇研究所に通いやすくなるように、長男の平八を千枝の母の松に預け、ここから歩いて五分ほどの西向天神の近くに千枝と二人で家を借りることになっている。その家は、草人草堂と名付けるそうだ。貞は、なおも続けた。

「来月、大久保の家に引っ越せば、千枝さんも本格的に役者として活動を始めることになる。それなら、芸に携わる上での名前は必要だと思うんだ」

「三田千枝のままではだめなの？」

ちょうど抜弁天にさしかかったところで、千枝はぼんやりと言った。

日本では小説家や俳優が号や芸名で活動することが多いが、西洋では本名でそうした職業に携わることも少なくない。そうした活動を、自己そのものの表現だと考えているからだろう。華族女学校に通っていたとき、授業でそう聞いた覚えがある。それに最近では、それに倣って本名で芸術活動をしようという動きも、特に若い世代のあいだにはあるらしい。

けれども、貞の考え方は違っていた。

「この国は、文化的に未熟だからな。小説や芸能に関わることを、卑下するべきことだと考えている輩も多い。そういう人間に限って、わからないところに首を突っ込んでいろいろ言いたがる。それだけでなく、攻撃してくるような奴もいるから、本名とは別の名前でやっていたほうが都合の良いことが多いんだよ。そうして別の人間になってしまえば、たとえ俳優としての人格を攻撃されるようなことがあったとしても、それは自分自身のことじゃないから気にならない」

「つまり、自分自身を嘘で塗り固めてしまうということ？」

「そうだな……もう一人別の自分を作ると言ったほうが良いかもしれない。その別の自分が観客から好かれたり、愛されたりするのなら、それは役者と観客のお互いにとって幸福な嘘というものだろう?」

そう言ってから貞は、「まあ、同じ筆名を使っている人間でも、評論家でそうしているような奴は、だいたいが口から出任せを偉そうに言っているだけの山師だから気をつけたほうが良いがね」と、いつもの皮肉めいた調子で言い添えた。

いつもの千枝だったら、自分の考えを正直に述べているところだ。それで貞を納得させることができれば、きっとそれを飲んでくれるだろう。

けれども、殊に芝居のことについては、貞の言っていることが当たっているように思える。千枝は、女学校の英語の授業で読んだ、エマーソンのインスピレーションについての論文を思い起こした。

詩人は、自らの胸中にある秘密、世界の真理を、一瞬にして直覚することができるのだという。それと同じように、貞が芝居について語る言葉は、筋が通っているかどうかということ以上に、どこか役者としての真理をほとんど本能のうちに感じ取って、言い当てているのではないかと思えるのだった。

そこまで思い至ったところで、千枝は言った。

「でしたら、貞さんが私の芸名を考えてくださいな」

「ん？」

千枝の反応が意外だったらしく、貞はちょうど抜弁天の社の前で立ち止まった。

「そういうのは、貞さんのほうが得意だと思うの」

「そうか……」

貞はぼんやりと抜弁天の小さな社を眺めていた。腕を組んだ状態から右手を右の頬に押し当てて、じっと考え込んでいる。

「難しいかしら？」

千枝が貞の顔を覗き込む。貞はしばらく動かずにいたが、やがてハッと気が付いたように、

「浦路で行こう。ああ、それがいい」と、目を開いて千枝を見返した。

その言葉が冗談なのか本気なのか、千枝には判断がつかなかった。

貞は、父で産婦人科医だった上山五郎が、妻とは別の愛人とのあいだに設けた子どもだった。実の母の名前は、角川《かどかわ》浦路という。

彼女も医師の娘だったが、貞を産んでほどなく精神の病を患《わずら》った。俗に狐憑きといわれる病の中でももっとも深刻だとされている「狂」と呼ばれる状態で、貞は産みの母から引き離され、父親のもとで育てられることになったそうだ。その名前を千枝につけるのだという。

千枝はしばらく絶句していたが、

「……私、あなたの母親ではないのだけれど」と、呆然としたまま声を漏らした。

そんな千枝の反応に、貞は笑った。

「別に、僕の母親代わりになってほしいというわけじゃない」

「だったら、どういうこと?」

千枝が問いかけると、貞はふたたび腕組みをして考える。やがて、一つ一つ言葉を選ぶように、ゆっくりと声に出した。

「役者になるということは、複数の人生を生きることだからな」

貞が言うには、角川浦路は常に複数の人生を生きていたのだという。

現実の世界にいる自分と、想像の世界にいる自分。その二つを、重ねて見ていたそうだ。そして、想像の世界で起きていたことが、いつの間にか現実の世界で起きたこととなっていた。

けれども、そうして現実の世界と想像の世界とが交錯する状態は、ある意味において役者が役を演じるときに似ているのではないか。貞はそう考えた。

「特に千枝さんは、役が降りてくるタイプの役者だからね。頭の中で想い描いた人物を、自分自身に憑依《ひょうい》させる」

「でも、病でそうなることと、役でそうすることとは、やっぱり違うと思うのだけれど」

千枝が言うと、貞はさっぱりした表情で、

「だったら上山浦路ではどうだい？　現実の世界で、僕は上山貞から三田貞になった。逆に虚構の世界では、千枝さんが上山の姓を名乗るというのは」

「上山浦路……」

貞が提案した名前を、千枝は口ずさんだ。

三田千枝とは別の世界に生き、複数の人生を自らに移して、舞台の上で生命を与える存在。そう考えれば、悪くない名前だ。

すると不意に、貞が千枝の背後に回った。

そのまま千枝の髪を手に取ると、手櫛で上のほうに掻き上げ、持っていた紐を使ってうなじの少し上のところで一つにまとめる。そのまま前髪を六分と四分にわけて、まとめた髪を残った後ろ髪に丸く団子状にくるりと結んだ。そこに、一本の簪《かんざし》を斜めに通す。

それは、貞がこのところ化粧術と一緒に考案している髪の結い方の一つだった。

「天平時代の髪型を模したんだ。日本でいちばんの女優、上山浦路だけがする髪型だから、名付けて女優髷《まげ》だな」

貞の言葉に、千枝は息を呑んだ。

「……見せてくださる？」

「もちろん」

貞は、化粧術の研究のためにいつも持ち歩いている手鏡を、千枝に差し向けた。

千枝が、自らの姿を映す。簪は新しくしつらえたものらしい。金色の芯から下がった珊瑚の珠が揺らめいている。これなら庇髪《ひさしがみ》のように入れ髪をしなくても自分ですぐに結える上に、着物だけでなく洋服にも合わせられるかもしれない。何より、千枝にとってはコンプレックスだったやや広い額が、この髪型なら目立たなくなる。

「日本でいちばんかどうかはわからないけれど、この髪型はとっても素敵ね。椿油で固めてから結えば、このまま演技できるかもしれないわ」

「それはいいな。ジャンヌ・ダルクになって大暴れしても大丈夫だ」

「そこまでお転婆ではなかったつもりなのだけれど」

「上山浦路ならきっとできるさ」

千枝と貞――上山浦路と上山草人は、抜弁天の社の前で微笑み合った。

それが、俳優・上山浦路誕生の瞬間だった。


――ありますとも。まだ沢山あってよ。ちゃんと分《わか》ってますわ。さあ、ここへいらっしゃい。そしてお互いに打ち明けてしましょうよ。

鏑木《かぶらぎ》秀子を演じる千枝が、海老名千代子を演じる正子の手を取って、肘掛け椅子に座らせた。千枝のほうは、円舞曲《ワルツ》でも踊るような優雅なステップで舞台上を上手に移動すると、折りたたみ式の簡素な椅子に腰を下ろし、右足を大きく上げてから脚を組んだ。

九月に新しい劇場が完成し、演劇研究所がそこに移ってからしばらく経つと、稽古での千枝と正子のやりとりは研究所の名物になっていた。

イプセンの戯曲『ヘッダ・ガーブレル』を、日本を舞台に置き換えて土肥春曙が翻案した『鏑木秀子』。その第二場を、二人が演じている。鏑木秀子という日本名を与えられたヘッダは、もともと将軍の娘で、夫との新婚旅行を終えて自宅に戻ってきた。夫は学者だが、旅行中も研究のことしか頭にない。

そんな中、女学校の後輩で、五年前に地元の村長と結婚をし、その生活が上手くいっていないテア・エルヴステード——海老名千代子が訪ねてくる。

千枝にとってこの鏑木秀子という女性は、ごく自然になりきることができる役だった。秀子は、奔放に暮らすことができた若き日が終わり、人生のあらゆる場面に飽き飽きしている。新婚旅行中にも一度も夫を愛しいと思ったことはなく、ただその退屈を紛らわせるためだけに結婚をした。

そんな秀子の内面は、ちょうどかつて女学校時代に退屈の虫を抱え続けていた千枝とどこか重なり合うものだった。もしかすると、翻訳をした土肥春曙がかつてのそんな千枝の姿を知っていたために、当て書きをするつもりで選んだ本なのではないかと思えるほどだ。

女学生だった当時の感情を思い起こす。その感情を、自身に降ってきた秀子と重ね合わせ、秀子の言葉として声に出す。そうやって、千枝と秀子とが一体になっていくことで実現される、感情の表現。

——けれども奥様……私……もう、お暇《いとま》しようと思ってますの。

正子は千枝から視線を外し、部屋に掛けられている時計に視線を送る。そして、千枝のほうを見ることなく、顔を床に向けた。ここから逃れようとしているのは時間に追われているからではなく相手に対する恐怖心に由来していることを、視線の動きだけで表現している。

貞が前に千枝に話した、正子についての評価は当たっていた。正子は稽古でどんな役を演じても正子になってしまう。海老名千代子のように気の弱い女性を演じるときでも、同じイプセンの『人形の家』を稽古でやったときに与えられたノラのような意志の強い役を演じるときも、あるいはシェイクスピアの『ヴェニスの商人』に登場するおしゃべりな侍女ネリサを演じるときも、どこかに前沢正子としての人格が見え隠れする。物語の世界に生きる人物を、前沢正子という俳優がむしろ飲み込んでいく。

けれども、正子はともすると平板になってしまうその演技を、目線や、表情や、仕草で補っていた。島村抱月や坪内逍遙が指導したことを海綿のように吸収して、指示された通りに動かしてみせる。そのため、どんなに舞台上で前沢正子として存在していたとしても、いつのまにかそれが物語の世界にいる人物であるかのように見えてしまう。

「千枝ちゃんが天才肌の女優なら、前沢さんは秀才肌ですな」

昔からときどき千枝の父を訪ねて自宅に来ていた土肥春曙は、自身の翻訳した脚本と演じている二人を交互に見ながら、隣にいる坪内逍遙に向かってそう呟いた。

演技が進み、秀子が千代子に向かって語りかける。

――けれどもね、これからまた、お互いに親密になろうじゃありませんか。ねえ、ちょいと！　学校にいたときは、もっと親しい言葉を使ったでしょう。秀さんとか何とか。

――いいえ、なかなかそんなご交際じゃありませんでしたわ。

――いいえ、そうよ。私、よく覚えていてよ。だから昔の通りに、お互いに打ち解けましょう。

そう言って、千枝は正子の両方の頬を包むようにして手のひらを押し当てた。そのまま正子の肌の上に指先を滑らせ、怯えるように固まっている彼女の首元に右手の中指を這わせる。やがて左手を正子の後頭部に回すと、妖艶な笑みを浮かべながら正子の顔を引き寄せて、頬にそっと口づけをした。

――これから敬語なんか抜きにして、秀さんと言ってちょうだい。

その演技を見ていた研究所の生徒たちは、じっと千枝を見つめていた。鏑木秀子が海老名千代子の頬にキスをして、これをきっかけに、自身の退屈を紛らわせるように操っていく。たしかにこれは、脚本に書かれている通りなのだ。けれども、本当に鏑木秀子が乗り移ったかのような千枝の様子に、一同は圧倒されていた。

だが、正子のほうも負けてはいない。

――そんなに親密なお友達扱いにですか！　私、何だか言い馴れないから変ですわ。

秀子に対する恐怖心に声と体を震わせながら、それでも、かつては遥か遠いところにいた先輩の秀子から目を掛けられることへの歓喜を内に秘める千代子。島村抱月が指示したその演出を、正子は忠実に辿っている。研究生たちは千枝と貞を除いて、誰もがこうして演出通りに演技をしようとする。けれども、そうしようと思ったところで、なかなかその通りにできるわけではない。それを、正子は平然とやってのけていた。

稽古が終わると、土肥は楽屋から出ようとする千枝を呼び止めた。

「千枝ちゃん、良かったよ。ヘッダは君に決まったようなものだ。今の日本で、千枝ちゃんの他に演《や》れる人は、けっしていないだろうね」と、手放しに賞賛の言葉を向けた。

千枝が幼かった頃から三田家に出入りしていた土肥は、彼女がこういうときでもけっして傲慢になったり、褒められたことに恐縮しすぎて卑屈になったりすることなく、落ち着いた様子で受け答えすることを知っていた。きっとこの日も、そうした反応が返ってくるだろうと思っていた。

けれども千枝の態度は、土肥が予期していたものとはまったく違っていた。

「あら、土肥先生」と口元だけで軽く微笑んでから、「先生にご信頼頂けるようでしたら、何よりですわ」と、黙礼をした。

その瞬間、土肥は、背筋にぞわりと冷たい空気が流れたような気がした。自分とはまったく身分違いの高貴な女性が、こちらを歯牙にもかけないでいるかのような態度。そこにいたのは三田千枝という日本人女性ではなく、まるで芝居の中で描かれたヘッダ・ガーブレルの姿そのものだった。稽古が終わって舞台から下りても、千枝はまだ役から抜け出さずにいるらしい。

土肥は言葉を失った。かつて、通訳として川上音二郎一座のヨーロッパ巡業に同行したとき、一度だけ同じような経験をしたことがある。それはパリで、悲劇の女王、劇場の女帝こと、サラ・ベルナールに会ったときのことだ。

オスカー・ワイルドの『サロメ』の稽古後だった彼女と、川上音二郎一座が面会した。そのときの彼女の振る舞いはまさにサロメそのもので、目を合わせた瞬間に土肥の体は動かなくなった。自身の生気を吸い取られでもしたかのようにただその場に立ち尽くし、音二郎たちとの会話を通訳することさえもできなくなっていた。

あとで聞いたところでは、ふだんのサラ・ベルナールはけっしてそんな女性ではなく、むしろ誰とでも親しげに話す明け透けな性格なのだという。だからそのときのサラは間違いなく、サロメとしての人格を憑依させたままでいたに違いない。

そんな西洋を代表する俳優と同じことが、三田千枝に起きている。その事実に、土肥は驚きを隠せなかった。

「ちょっと待ちなよ！」

西洋を巡業していた頃の内面を追体験していた土肥の意識を現実に引き戻したのは、背後から聞こえてきた甲高い声だった。

振り返ると、正子が腕組みをして、じっと千枝を睨むように見ている。さっきまで演じていた海老名千代子からすっかり前沢正子に戻っている姿は、ちょうど千枝と対照的に見える。

「どうかなさったかしら」

千枝は目元に冷ややかな光を含ませたまま、流すようにして正子を見た。その眼差しに、正子も土肥と同じものを感じ取っていたのだろうか。たじろぐように半歩後ずさったが、すぐに気を取り直して千枝を見返した。

「今の私じゃ、まだあんたに敵わないのは自分でもわかってる。でも、いつか上手くなって、あんたから主役を奪ってやるから。それまで、首を洗って待ってな！」

正子はそれを捨て台詞にするかのように、チッと舌打ちして身を翻すと、そのまま演劇研究所の建物を出て行った。

土肥は去っていく彼女の背中を目で追いながら、

「気にすることはないよ、千枝ちゃん。前沢さん……今は、松井須磨子と言ったほうが良いだろうか。彼女はちょっと、ふだんの態度から教育しないといけない」と、腕組みをして息を吐いた。

けれども千枝は、顎を少し上げ、「いいじゃないの。あのはねっ返りを押さえつけてしまったら、松井須磨子としての魅力は半減してしまうもの」と、正子を遠くから見下ろすような眼差しを向けている。

「まあ、松井須磨子では、上山浦路の相手にはならないだろうね」

「あら、そんなことなくってよ」

その言葉を発した瞬間、土肥はふと、千枝を取り巻く空気感が変わる気配を察した。見ると、さっきまで鏑木秀子を演じていたときの勝ち気な目つきが、ちょうど憑きものが落ちたという表現が当てはまるかのようにすうっと消えていた。代わりにそこに立っていたのは、落ち着いた笑みを浮かべたいつもの千枝だった。

千枝は続けた。

「正子さんは坪内先生や島村先生の言われていることを、乾いた土が水を吸い込むように身につけているのだもの。きっと、いい俳優になるのではないかしら。だから、私も負けないようにしないと」

その言葉は、土肥にとっても意外なものだった。そして、

「第一回の生徒募集で、よくもこんな逸材が揃ったものですな……」と、千枝の耳は届かないくらいの声で、小さく呟いた。


演劇研究所が俳優の養成を始めてから最初の試演会は、『鏑木秀子』に決まった。主人公の秀子役は千枝が、物語で中心的な役割を果たす黒木判事役を貞が演じ、それ以外の配役は他の研究生たちが交替で担当する。研究生の中では、この二人の演技がずば抜けていたことはもちろんだったが、脚本を翻訳した土肥春曙と顧問の坪内逍遙が強く推薦した結果だった。

貞は上山草人、上山浦路という芸名を使いたがったが、本公演ではなく試演会だということでそれは却下され、本名で舞台に上がるようにと言い渡された。それだけが、貞には少しだけ不満そうだった。

けれども、試演会はなかなか開催されなかった。それは、千枝が妊娠をしていたためだった。そのあいだ、島村抱月は秀子役を正子にするか、正子を主人公にした別の脚本で上演するべきだと繰り返し主張した。抱月の意見に賛同する者もあったが、彼があま

りに正子を買っていることに眉を顰める者も少なくなかった。特に、正子が演劇研究所での稽古に熱心になりすぎるために前沢誠助から離縁され、小林正子の名に戻った頃から、抱月の態度はより露骨なものになっていた。そうした空気もあって、坪内逍遥や土肥春曙をはじめ文芸協会の幹事たちは、抱月の意見に首を縦には振らなかった。

ようやく千枝が長女の袖子を出産し、実家の母親に預けたことで、試演会の話が再燃した。すると、今度は別の問題が生じ、試演会開催の知らせはなかなか周知されなかった。

——卒業生が役者などになるとは何事だ！

千枝が卒業した華族女学校は、一九〇六（明治三十九）年に学習院と併合となり、学習院女学部と名称を変えていた。その翌年、日露戦争の旅順攻囲戦で英雄となった乃木希典《のぎまれすけ》大将が、天皇の強い意向で学習院の院長として就任していた。

華族女学校の卒業生である千枝が演劇研究所で役者として試演会に出演するという話を聞きつけた乃木は、周囲の教員たちに大声で怒鳴った。そして、もし演劇研究所の試演会に出演するのであれば、千枝から卒業証書を剝奪し、卒業生名簿から抹消するように指示したのだという。

「ずいぶんと頭が固いんだな」

演劇研究所の稽古のあとで乃木の話を聞いた貞は、腕組みをしながらため息を吐いた。

すると、千枝は、

「学習院を全寮制にして、生徒たちには武道ばかり教えているそうですから。文明開化とはほど遠い方なのでしょう」と、笑った。

「ずいぶんと余裕があるんだね」

「あの学校の卒業生名簿から抹消されるだなんて、むしろせいせいしますから」

「よっぽど、華族女学校が嫌いだったんだな」

「ええ、とっても」

千枝の表情があまりににこやかなので、貞は反応に窮してしまった。

貞のほうでも、かつての千枝が退屈の虫を抱えていた理由の大部分が、華族女学校での生活にあったことは理解している。士族出身の千枝と華族出身の令嬢たちとの関係は、それだけ良くなかった。

千枝の意向を文芸協会の中心部に伝えると、一度は予定通り『鏑木秀子』で試演会を開催する方向で話は固まり、準備が始められた。けれども、今度は文芸協会内部からの反対で、試演会の予定は白紙に戻されることになった。

文芸協会の目的は、欧米諸国と同じように、芸術や文芸の社会的な地位を向上させ、文化的活動が社会にとって有用であることを広く人々に知らしめることにある。こうした目的を持っているからこそ、講師には早稲田の教員たちや留学経験のある評論家たちを招き、研究生には早稲田の卒業生も多く迎え入れている。ここで千枝が学習院の卒業生名簿から抹消という措置を受け入れてしまうことは、文芸協会が目指す方向性を自ら否定したことに繋がってしまう。だから、ここで乃木大将に屈するわけにはいかない。

文芸協会の中心メンバーが集まった会合で、坪内逍遥は周囲にそう説明した。その上で、

――『鏑木秀子』の上演そのものをとりやめて、試演会では別の演目を上演する必要があるかもしれんですな。

と、諦めたように言い添えて、項垂れていたのだという。

そのため研究所の研究生たちのあいだではすでに、代わりの演目が何になるのかという話題で持ちきりだった。

「さすがに今回ばかりは、諦めないといけないかもしれない。僕としては、千枝ちゃんが演じないのであれば、『鏑木秀子』はやめてしまっても構わないと思っているんだ。他に適任はいないからね」

千枝と貞の会話に割って入るように、土肥春曙が話しかけてきた。その言葉に、貞は忌々しそうに舌打ちをした。

「日露戦争下でも一面に戦争報道をしなかったのが『読売』でしょう？　なんとかならんのですか？」

土肥春曙はかつて、『読売新聞』の記者だった。

日露戦争下では、『東京朝日新聞』や『国民新聞』といった主要な新聞が次々に露西亜との戦争を煽る記事を書き、非戦論で論陣を張っていたはずの『万朝報』までもが開戦論に傾いていった。その中で『読売新聞』は、一面に小説を載せるというスタイルを変えなかった。もちろん二面には戦争報道も掲載していたが、それでも一面の文芸欄を死守した。それは、もともと弱小の新聞社だったところから坪内逍遥、山田美妙、尾崎紅葉、幸田露伴といった作家たちによる小説で部数を増やし、文学新聞とまで呼ばれながら文学と演芸、演劇の近代化に努めてきた『読売』の矜持によるものだった。そのことが評判となり、近頃では以前に比べて部数もかなり伸びてきている。

「まあ、僕ももう『読売』は離れているからね」

土肥の言葉に、千枝が、

「それに貞さんも、乃木さんが学習院で働いている所業はご存じでしょう？」と、言い添える。

乃木希典の教育方針は乃木式教育と呼ばれ、世間でも評判になっていた。庭球や野球といった舶来の球技を制限し、剣道の授業では生徒たちに真剣を持たせて生きた豚を斬らせる。体育の授業は運動というよりも軍事教練といったほうが相応しく、授業のたびに泣きながら恐れおののいている華族の子女もいるのだという。そのあまりに軍人的で時代錯誤な内容は、ときおりポンチ絵で揶揄される対象にもなっていた。

また、その教育方針に反対した下田歌子女史をはじめ多くの教員が学習院を去ったことや、新聞社主催により開催された美人コンクールの優勝者である末弘ヒロ子が、自身ではなく義兄が勝手に写真を応募したにもかかわらず強制退学になったことは、新聞でもたびたび報道されて世間の注目を集めていた。

「千枝さんが、第二の末弘ヒロ子になるかもしれないということか……」

貞が唸りながら漏らすように声を出すと、

「質実剛健と言えば聞こえが良いが、どちらかというと、今の時代を見ないで過去に取り憑かれているドン・キホーテのようなものだろうね」と、土肥が眉間に皺を寄せて唸ってから、「昔から話が通じないところはあったのだがね。学習院の院長になってからいっそう意固地になっている気がする」と、続けた。

その言葉に、千枝がふと顔を上げた。

「あら、そのように仰られるということは、土肥先生は乃木さんのことをご存じなの？」

「『読売』にいた頃に、紹介して頂いたことがあってね」

「ああ……」

千枝は納得したように、二度、三度頷いた。

しばらくのあいだ、千枝はじっと考え込んでいた。その様子に、土肥は貞と顔を見合

わせてから、

「それがどうかしたかな？」と、千枝の顔を覗き込んだ。

すると千枝は、まっすぐに土肥を見返して口を開いた。

「土肥先生に少しお願いしたいことがあるのですが、よろしいかしら？」

「ああ、千枝ちゃんの頼みなら、できることなら何でもしよう」

「ちょうど、学習院女学部の卒業生名簿から抹消するという話で、呼び出しを受けているのよ。ぜひ、そこに同行して頂きたいの」

「僕が？」

土肥は前のめりになって、確認するように訊ねた。

「ええ」千枝はにこやかに微笑して続ける。「私に良い考えがあるんです。きっと、乃木先生にもご納得頂けると思うの」


赤坂見附駅で市電の外濠線を下りると、目の前には広大な邸宅が広がっていた。江戸時代に雲州屋敷と呼ばれていた松江藩松平家上屋敷の跡地で、今ではその西側が閑院宮家の邸宅になっている。

それを横目にまっすぐ東のほうに進んでいくと、壁に囲まれた煉瓦造りの建物が見えてくる。ここが学習院女学部——かつて千枝が通っていた頃は、華族女学校と呼ばれていた学校だ。

乃木院長は、目白に新しくできた男子のほうの学習院の敷地にある寄宿舎で生徒たちと寝食を共にしている。そのため千枝は、乃木院長との面会を申し込んだとき、てっきり目白に呼ばれるのだろうと思っていた。しかし学校側からの回答は、女学部のほうに来るようにとのことだった。神聖な男子校に、一歩たりとも女を入れるわけにはいかないのだという。その連絡を手紙で受けたとき、千枝は貞に、

「学校を相撲の土俵か何かと勘違いしているのではないかしら」と、言って笑った。

「女相撲というのもあったしね。土俵も明治になる前までは、ふつうに女性が上がっていたらしいのだが」

「乃木先生のような方というのは、事実と違った歴史でも真実だと思い込むものなのよ。きっと、あってほしい現実のほうが先にあって、事実を事実として受け止めることができないのね」

「それは、本人の目の前ではけっして口に出さないほうが良いだろうな」

「そうかしら？　むしろ激怒して頂いて、学習院の卒業者名簿から外してほしいという気持ちは、今でもあるのよ？」

「いや、それは……」

文芸協会で『鏑木秀子』が上演できなくなるのだけは困る。貞はそう言いかけたが、口を閉ざした。こういうときの千枝は意外に頑固だ。変なことを言って臍を曲げてしまい、本当に試演会の脚本が別のものに差し替わってしまってはたまらない。すると千枝は、

「先方の出方しだいね。ひとまず、乃木先生と戦ってくるわ」と、薄い笑いを浮かべながら、一人で学習院女子部に向かうことを決めてしまった。

千枝がここを訪れるのは、およそ五年半ぶりのことだ。当時は人力車で送り迎えされていたが、こうして市電を使ってやって来ると、なんだか今まで知らなかった場所にやってきたようで新鮮な気持ちになる。

建物は毎日通っていた当時と変わらない。しかし、以前あった華やいだ空気が消え、どこか校舎全体が静謐な空気に包まれているように感じられる。

その変化を、始めのうちは千枝も気のせいかと思っていた。けれども実際に中に入ってみると、どうやらそうではないらしい。

廊下ですれ違う教員は見知らぬ人ばかりだ。これは乃木院長が着任してから、対立した下田歌子女史に追従して多くの教員が辞めたからだろう。それに、女学生たちはおしゃべりに花を咲かせることもなく、足早に通り過ぎていく。どうやら近頃は、学校でこのような振る舞いをするよう指導されているらしかった。

それでも校舎の中を歩いていると、懐かしさも湧いてくる。操と遅くまで残って話し込んだ教室、中学科にいた頃に津田梅子女史と英語で議論をした場所。目の前に本人がいるとは知らずに、華族のお嬢様方が自分についての噂話をしていた洗面所までもが、どこか思い出に残る場所であるようにさえ感じられる。

指定された部屋は、長い廊下を伝って階段を昇って二階の奥に進んだところにあった。ノックをする。どうぞ、と知らない女性の声で返事がある。

「失礼いたします」と、千枝は扉を開いてから深々とお辞儀をした。

顔を上げる。手前にいる女性がさっき扉越しに聞こえた声の主だろう。その周りに、教員らしい五人の女性がずらりと並んでいる。窓際の椅子に目を向けると、顎から頬にかけて白い髭を生やしたごま塩頭の男性が腰掛けている。太い眉毛と黒目勝ちな目が、千枝には印象的に見えた。これが、噂に聞く乃木院長だろうか。

「ごきげんよう。お初にお目にかかります。私が卒業生の三田千枝と申します。本日はどうぞよろしくお願いいたします」

いつもであれば、千枝の嫋やかに落ち着いた口調で発せられる挨拶の口上は、その場の空気を少なからず和ませる。けれどもこのときは、室内を覆うピンと張り詰めた空気は変わらなかった。

奥に座っていた初老の男性が立ち上がる。そして、背をまっすぐに伸ばしたまま腰を

後ろに押し出すようにして礼をし、

「私《わたくし》が乃木希典であります」と、きびきびと、一つ一つの言葉を正確に発音するように言った。見た目から予想していたよりも、ずっと甲高い声だった。

陸軍の第三軍司令官として日露戦争を戦い、英雄として世界に知られている人物だ。そんな軍人が、自分たちに頭を垂れて挨拶をするのだろうか。あるいは、犬養毅と親しいことや、貞の父が仙台の医学界では大物として知られていることが伝わっているのだろうか。

千枝が勘繰っていたことが、表情に出ていたのかもしれない。乃木は、

「目白で生徒たちと一緒に住んでおるだろう。教育に携わるのであれば生徒たち皆の父として、同じ目線で気さくに付き合わねばならん。友人がそう教えてくれたのだ」と、破顔した。

なるほど、軍人だった頃の乃木希典大将と学習院院長の乃木希典とは、ずいぶんと違っているということか。千枝はそう考えて、

「先生は素敵など友人をお持ちなのですね」と、華族女学校の生徒だった頃、教員たちと接していたときと同じように微笑んだ。

「ああ、何でも相談できる、至極優秀な友人だ。このあいだの陸軍記念祭で私が『旅順の歌』を歌って聞かせたら、苦笑いをされたがな」

「あら、私はぜひ拝聴いたしたいですわ」

するとと乃木が、表情を変えないまま、

「さすがは鉱物学者三田守一先生のご令嬢ですな。教育がよく行き届いておられる。どうぞ、お掛けなさい」と、席に着いた。

「ありがとう存じます。失礼いたします」

千枝はふたたび深々とお辞儀をしながら手前の椅子に腰掛けた。

一方で内心では、乃木院長は一筋縄ではいかない人物だと思っていた。こちらについての情報は、やはりすでに調べられている。その上でなお、俳優としての活動を辞めるように求めているのだろう。さすがは生き馬の目を抜くような軍人の世界で要職を務めてきただけのことはある。

千枝が椅子に腰掛けると、乃木院長はふたたび口を開いた。

「もう一人、同行の者がいると聞いているのだが、もう来ておるのか？」

その言葉に千枝は、落ち着いた様子で答える。

「土肥先生は、少し遅れていらっしゃると伺っております。乃木先生もお忙しいことでしょうし、先に始めてよろしいのではないでしょうか？」

「そうか……」乃木校長はぼんやりと呟くように声を出してから、「客人を待たなくても良いのであれば到着する前に話が済んでしまうが、それも良かろう」と、自分自身を納得させるように頷いた。

「そうでしょうか？」

「ああ、回り諄《くど》い話は好きではないから、単刀直入に言おう。三田千枝君、君は役者の真似事を辞めるか、役者を続けて我が学習院女学部の卒業生名簿から抹消になるかのどちらかだ。それ以外の答えはない」

乃木院長は眉一つ動かすこともなく、淡々と言い放った。

この態度は、予想通りだ。

いったん顔を伏せて、しばらく考えを頭にめぐらせてから、ふたたび乃木院長のほうに顔を向けた。

「一つ、伺ってもよろしいでしょうか？」

「なんだ？」

乃木院長が下から覗き込むようにして、上目遣いに千枝を見た。どうやら一方的に決定を下すつもりではないらしい。

陸軍の司令官だったときなら、こんなことはなかったのだろう。相手が軍人ではなく教師として振る舞ってくれるのであれば、こちらとしても議論の糸口がある。

そのことに少しホッとして、千枝は椅子に深く座り直した。その瞬間、頭の中で華族女学校の生徒だったときのことを想い描く。

「どうして乃木先生は、卒業生が役者をしてはならないとお考えなのでしょう？」

千枝の口調が急に、無邪気な、まるでまだうら若い生徒が教師に素朴な疑問をぶつけるようなものになった。声もいつもよりやや高く、早口になっている。

それは、千枝は女学生としての自分――かつて毎日のように津田梅子女史やアリス女史と英語でやり合っていた頃の自身を甦《よみがえ》らせ、演じている態度だった。まるで人格そのものを切り替えたかのような千枝の様子に、部屋にいる他の教員たちも、息をじっと潜めていた。俳優としての三田千枝の迫力に圧倒されている。

一方の乃木院長は、そうした千枝の変化に気付いているのか、いないのか、口を真一文字に結んでから、

「なんだ、そんなことか」と、生真面目な態度で続けた。「陛下による御維新以前、役者が河原乞食と呼ばれていたことは知っているであろう。華族女学校の卒業生がそうした身分の者になるのは相応しくない。それだけのことだ」

「今から二十年以上前、天皇陛下が歌舞伎を御覧になられたことがございました。明治の四民平等の世であれば、俳優もそれだけの地位を持っているということではないでしょうか」

「歌舞伎は、本邦を代表する演劇である。陛下にあらせられても、そうしたお考えがあってこそ御覧になられたのだ」

「日本の歌舞伎と西洋の演劇とは、違いますでしょうか？」

「我々は日本人である。わざわざ西欧の演劇などを取り入れなくとも、日本伝来の芝居があれば良い。歌舞伎では、女が演じることは認められていない」

「それはなぜでしょう？」

「女が役者をやれば、観客や社会の風紀を乱す。それに、数百年にもわたってずっと男が演じてきてそれで受け入れられてきたものを、あえて女に任せる必要もないであろう」

乃木院長は、やはり取り付く島もない。二人のやりとりを見ている教員たちのあいだにも、重い空気が流れていた。

たしかに千枝の話は聞いている。しかしそれは、相手の言い分を受け入れ、その上でより良い結論を導き出そうという、議論の本来あるべき形ではない。

始めから自身の主観によって作られた根拠の薄弱な結論があって、その結論に合わせて話を誘導しているだけのように見える。これでは、どんなに話を進めても、千枝が俳優を辞めるか、俳優を続けて華族女学校の卒業生名簿から抹消されるかの二択にしかならない。

やはり、三田千枝を卒業生名簿から抹消するしかないのか。室内がそんな雰囲気に包まれ始めたとき、不意に、千枝が余裕のある笑みを浮かべた。そして、

「ええ、そうですわね。先生の仰られる通りです」と、ゆっくりと口に出す。

その返答が意外だったのか、乃木院長はチラリと視線を動かして千枝を見た。こちらの意図を伺うような視線だ。

その様子に、千枝がふたたび口を開いた。

「私も、もともと西洋演劇は拝見いたしませんので、歌舞伎ばかりに参っておりました。女の俳優というものが必要なのかどうかについては、今でもよくわからないところがございます」

その言葉に、乃木院長は首を傾げる。

「それなら、華族女学校の卒業生という地位を失ってまで、役者などになることはなかろう？」

「そうかもしれませんわ。ですが……」

千枝は俯いて、一度考え込むように言葉を句切った。やがて、ふたたびまっすぐに乃木院長のほうを見て、さっきよりもゆっくりと、一つ一つの言葉をはっきりと発音するように口に出す。

「私どもの俳優としての活動は、坪内逍遥先生のお考えによって進めております。先生が仰せられるには、日本の演劇は、西洋の良いところと、日本の良いところとを掛け合わせて、西洋を上回るものに改良していかなくてはならない。そのために、西洋にいる女の俳優というものが日本の演劇にも必要かどうか検証する必要がある。その実験のために女の俳優を養成し、日本の演劇で試みてみなくてはならないとのことでした。私どもはそうしたお考えのもと、その実験のお手伝いをしているのです。それは、いけないことでしょうか？」

千枝の言葉に、今度は乃木院長が押し黙った。

いくら乃木院長が守旧派とはいえ、軍の幹部になるためには高い教養が求められる。だとすれば、『小説神髄』で日本の小説の改良を訴え、歌舞伎や演劇の改良に勤しんでいる坪内逍遥のことを知らないはずはない。また、軍人というのは得てして、こうした権威には弱いものだ。

乃木院長を見る。さっきまでとは明らかに、様子が違って見えた。千枝の言葉に対する答えに窮している。

ようやく乃木院長が返答したのは、千枝が言葉を発してから二、三分も経ってからのことだった。

「坪内先生のご意向は存じておる。しかし、だからといって華族女学校の卒業生が、その実験に参加する必要はなかろう」

「西洋の演劇の良いところを取り入れるには、西洋の言葉を理解することができるだけの知識と教養が求められます。それは、華族女学校の卒業生だからこそ、成し遂げられるもの。むしろ、卒業生の一人としてこうした実験に参加できるのは、光栄なことと存じております」

「それは、虚栄心というではないのか？」

「いいえ、私は末弘ヒロ子さんとは違いますわ」

「ああ……」

そのときの千枝の言葉で、乃木院長が表情を曇らせた。その反応に、千枝はほくそ笑んだ。

アメリカの『シカゴ・トリビューン』紙が開催した「ミスワールドコンテスト」の日本予選は、時事新報社が依頼を受けて、全国から写真を募集する形で一九〇七（明治四十）年に開催された。三千円相当の賞品が出るとの広告が大々的に打たれたことで、七〇〇〇人もの応募があった。その中で見事に優勝した日本代表となった末弘ヒロ子は小倉市長の娘で、学習院女学部の三年生だった。

しかし、女学部の教員たちはただちに協議会を開いて末弘ヒロ子を退学処分とする方針を固め、乃木希典院長もその方針に賛同した。女とは、虚栄心が盛んなもの。ましてや学習院女学部生徒のように上流階級の家庭に育ったものは、本人がそうした心に駆られやすい。しかしそれは、華族の淑女としてもっとも相応しくない態度である。それが、退学処分の理由とされた。

「彼女については、私の誤解もあったのだ……」

乃木院長は眉根を寄せて、大きく息を吐いた。

末弘ヒロ子が退学処分となったとき、乃木院長は、応募したのが彼女自身ではなく義兄であったことを知らなかった。もしそれが本当だとすれば、虚栄心に駆られて応募したからといって退学させたことの筋が通らない。

このことを気に病んだ乃木院長は一計を案じ、末弘ヒロ子の名誉を回復するために、縁談を紹介しようと考えた。

小倉市長の娘ということでなかなか釣り合いが取れる出自の者は見つからなかった。けれども数週間が経った頃、陸軍大将の野津道貫が名乗り出て、自身の長男で貴族院議員になることが決まっている鎮之助はどうかと申し出たのだという。

千枝の話の進め方に、部屋にいた学習院女学部の教員たちは感嘆の息を吐いた。末弘ヒロ子と野津鎮之助の結婚をめぐる事情については、間違いなく千枝も知っている。けれども、千枝はあえて知らないふりをして、末弘ヒロ子と自分は違うと言った。そのほうが、乃木院長は同じ轍を踏まないよう、慎重に考えると踏んだからに違いない。

それに、今の態度や、末弘ヒロ子をめぐる経緯から考えれば、たしかに乃木院長は必ずしも自分の独断を押しつけるような人ではないらしいことがわかってくる。むしろ、自分の判断に多くのばあいいくらかの迷いがあって、手探りで物事を進めていく性格なのかもしれない。千枝はそのことを見抜いて、乃木院長を説得しようとしている。

実際、さっきの一言で、乃木院長が千枝の処遇について迷っているらしいことは手に取るようにわかった。あと一押しだ。

……ちょうどそのとき、部屋の扉をノックする音が聞こえた。

「なんだ？　面会中である」

乃木院長が張り上げた声は、小さな部屋の壁にぶつかって反響した。

「こちらの面会に参加されるという方が到着されました」

扉の向こうから、女性の声が聞こえる。

「ああ、そうであった。もう一人来るのだったな」

「いえ、あとお二人おられます」

「二人？」と、乃木院長が眉を顰《ひそ》める。

「今日のお話にはぜひ加わって頂いたほうが良いと思いまして。私からお願いいたしました」千枝はすかさず早口に言って、「先生もよくご存じの方です。お入り頂いてよろしいですか？」と、訊ねる。

事態が飲み込めていないらしく、乃木院長は曖昧に返事をした。千枝はその反応を、自身の提案に同意したものとして、

「どうぞ、お入りくださいまし」と、勝手に返事をしてしまう。

扉が開く。土肥春曙の姿が見える。

そして、その背後からやってきた身の丈五尺三寸ほどの、目の細い、口髭を生やした男に、乃木院長の目は釘付けになった。

「やあ乃木さん、お久しぶりです」

その男は乃木院長に向かって親しげに話しかける。

「なぜ君が……！」

「こちらの土肥君には、『読売』でずいぶん世話になりましてな。今日は面白いものが見られると聞いたので、呼ばれてきました。乃木さんが院長をされている姿というのも、なかなか見られないものですしな」

男が悪戯っぽい笑いを浮かべると、土肥春曙が、

「鷗外先生、どうぞお座りください」と、声を掛けた。

その言葉に、その場にいた学習院女学部の教員たちも、啞然としてその男――鷗外森林太郎の挙動を見守った。

乃木院長が心を許している数少ない友人である森鷗外を頼る。『読売新聞』時代に鷗外と親しかった土肥春曙に頼んで、学習院女学部に連れてきてもらう。それが、千枝が用意した秘策だった。

「では、お話を続けましょうか」

鷗外が席に座したのを見届けると、千枝は満面の笑みを浮かべて続けた。

「私から乃木先生と鷗外先生に、一つご提案があるのです」

「ほお。何でしょうな、浦路さん？」

鷗外が興味深そうに、千枝の顔を覗き込んだ。どうやら、千枝が文芸協会で坪内逍遥から俳優の指導を受けていることは、土肥春曙からすでに聞かされているのだろう。だからこそ、上山浦路という芸名も知っている。

「もし、土肥先生が翻訳された『ヘッダ・ガーブレル』、『鏑木秀子』で秀子役を私が演じることをお認めくださるのでしたら、ぜひ今度、鷗外先生の翻訳されている脚本を、上山草人と上山浦路で演じたいと思うのです。いかがでしょうか？」

「なるほど。そういう話でしたか」

鷗外は声をあげて、愉快そうに笑った。

「この学校に在学中に親しんだ英文学や仏文学だけでなく、ぜひ独逸《ドイツ》文学についても学ばせて頂きたく存じます。これは、華族女学校、学習院女学部にとっても誉れ。いかがでしょうか？」

それから千枝は、ほとんど乃木院長をそっちのけで、鷗外、土肥春曙の二人と独逸の文学について話し込んでいた。

乃木院長はそのあいだ、ずっと苦虫を嚙み潰したような表情をしたまま、三人の話を聞かされることとなった。

三田千枝を学習院女学部の卒業生名簿から抹消するという措置をとりやめ、上山浦路として俳優の活動を行うことを許可する。ただしその際には、海外の名作、日本一流の翻訳者による戯曲を演じ、我が国の演劇の振興に尽力すること。

その通知が学習院女学部から届いたのは、乃木院長、森鷗外との面会から、わずか数日後のことだった。

乃木院長との面談は、こうして千枝の完全勝利に終わった。

第三章　ハムレット

店の前にできた女性客の列は、烏森駅の構内にまで続きそうなほど長く伸びていた。口紅、頬紅、眉墨、香油、歯磨、化粧水、黄色い白粉《おしろい》。すべて貞が演劇の化粧術研究の合間に発明したものだ。そのほとんどは、製造法の特許まで取得している。

店の名前は「かかしや」。貞の芸名、草人の由来である案山子から名前を付けた。烏森駅前の芝区日蔭町一丁目一番地に千枝の両親が出資して自宅兼店舗を建てたばかりのときは、買っていく客も新橋の芸妓たちがほとんどだった。演劇のために作った化粧品は、職業柄厚く化粧をすることが多い彼女たちに好評だった。

それがこの頃では、一般の客のあいだにも広がるようになっている。

きっかけは二つあった。その一つは、店を開いたことが『読売新聞』の記事になったことだ。そしてもう一つ。それは一九一一（明治四十四）年五月、二か月前に開場されたばかりの帝国劇場で、文芸協会演劇研究所第一回本公演、ウィリアム・シェイクスピア原作、坪内逍遥翻訳による『ハムレット』が上演されたことだった。

上山浦路が舞台で使っていた化粧品が、かかしやで売られている。しかも、マーセラス役をあえて辞し、『ハムレット』の公演では裏方の扮装係を買って出た上山草人が作ったものだという。

そのことが世間に広まると、かかしやは客の途絶える暇がないほどになった。中でも碁石のような形に作った眉墨は人気商品で、東京府下から広く注文が来ていることはもちろん、京都や大阪、さらには満州のハルビンまで荷を送るよう求められている。

千枝は汗を拭いながらようやく銀座の三越に納品する眉墨と白粉を荷物にまとめると、店の奥に据え付けられた飾り窓の向こう側にある住居に戻った。

一階には三畳ほどの小さな部屋が二つあり、その奥には土間になっている台所、そして梯子段が据え付けられている。そこから二階へ昇ると西側に縦に長い寝室、東側には八畳ほどの広さの、この家でもっとも大きな部屋がある。ここは貞の趣味で、柱、梁、戸棚、室内の器具にいたるまですべて竹や朽木で作られていて、全体が飴色に塗られている。長押《なげし》の上には大きな額が掲げられており、ここには坪内逍遙の筆で「壮士惨不驕」と書かれていた。その真下には、『ヘッダ・ガーブレル』の原作者であるイプセンのブロンズ像と、イングランドから取り寄せたオルガンが置かれている。

貞はそこで、熱心に材料を調合していた。店で売っている化粧品は、すべて貞の手作りなのだ。

「ずいぶんと精が出るのね」

千枝が声を掛けたものの、貞はまだ熱心に作業を続けていた。千枝が部屋の隅に腰掛けてからしばらくすると、ようやく、

「体の調子はどうだ？」と、訊ねた。

千枝の腹の中には、三人目の子どもがいた。

長男の平八と長女の袖子は、千枝の実家で母の松が育てている。松のほうでは、もう一人や二人増えても変わらないから、いくらでも孫を連れてくるように言っている。その言葉はありがたい。けれども、芝居と店の経営とにかまけて、ずっと子どもたちを母に預けたままにしていることを思うと、申し訳ないような気持ちにもなってくる。

千枝はそうした感情を誤魔化すように、

「この子が産まれたらすぐに大阪で『ハムレット』の公演なのだけれど、そのあいだ、お店はどうしようかしら」と、話題を元に引き戻した。

「だからこうして作り溜めておかないといけない」

「そうじゃなくて、店番のほうよ」

「千枝の生徒に、誰か頼める人がいると良いのだがね」

「最近はお店にかかりきりだから、謡も琴も教えていないの。私の先生のご体調が優れないから、そういう話をお願いするのも気が引けるわ。先生に万一のことがある前に、

重習《おもならい》まで謡えるようになりたいのだけれど」

「それは謡の世界では、宗家以外の者はほとんど謡えないんじゃなかったかな？」

「ええ。でも、せっかくその一つ下の九番習《くばんならい》まではお許し頂いているのですもの。行けるところまではやってみたいじゃない」

そうすれば芝居のほうで何かあったときに、いつでも謡曲師として仕事ができる……と、言おうとして、千枝は口をつぐんだ。芝居を辞める可能性を口に出すことが、貞の気分を損ねるかもしれないと思ったからだ。

それに、千枝の演技が好評を得ることが多い理由の一つとして、声が良いということが大きかった。謡に加え、華族女学校の時代に声楽を習っていたために、まだ片足半分くらいを素人の側に突っ込んでいる役者たちの中に入れば、千枝の声は抜きん出ている。舞台で演じるときにはどうしてもそこで差が出てくる。

そうして千枝の俳優としての世評が高くなってきていることも、もしかすると貞の焦燥を掻き立てるかもしれない。千枝がそう考えたことには、文芸協会での貞の立ち位置が関わっていた。

このところ貞が化粧術にのめり込んでいるのは、もちろん一つには、かねてから新しい演劇では西洋の化粧術を研究する必要があると主張していたことを踏まえてのことだった。一方で、『ハムレット』の配役をめぐって文芸協会とあまり関係が上手くいっていないことも大きかった。

東京公演でマーセラス役を辞したのは、扮装係に注力をしたがったということもある。けれどもそれだけでなく、貞はマーセラスよりも大きい役をやりたいと要求していたのだ。

文芸協会のほうでは、芝居をあまりやってこなかった研究生に経験を積ませるために、優先的に役をあてがいたい。オフィーリア役が千枝ではなく正子になったのもそのためだ。

けれども貞は、経験者や演技に優れた者が主要な役をやり、周囲を若手で固めるべきだという考えだった。第一回の本公演だとはいえ、入場料を取って観客に劇を見てもらう以上は、それに耐えうるものを見せなければならない。そうした食い違いのために、文芸協会の幹部と貞とのあいだには、少しずつ溝ができ始めていた。

『ハムレット』の公演は、貞が案じていた通りの世評となった。

――弱き者よ、汝の名は女。

逍遙が訳してハムレットが口にしたこの台詞だけは、観客や演劇関係者のあいだで、名訳として語り継がれることとなる。しかし、それ以外の翻訳された台詞が古くさいということや、役者の演技が良くないことについて、多く批判が寄せられた。特に土肥春曙が演じたハムレットと、松井須磨子こと小林正子が演じたオフィーリアは、その標的としてやり玉に挙げられることとなった。

その中で高い評価を得た数少ない俳優が、ガートルード王妃を演じた上山浦路と、墓掘男を演じた東儀鉄笛だった。

型に嵌まった演技をする役者が多い中で、この二人だけはまるで現実の人間がそのまま舞台に上がっているかのようにリアルに見えたのだという。中でも、落ち着いていて上品な千枝の台詞回しはガートルード王妃そのもののようだと、観客たちは感嘆の声をあげた。

それ見たことか、言わないことじゃない。

貞は自分の考え方が正しかったことを主張して、大阪公演ではボローディアスの息子で、物語で重要な役回りとなるレアティーズ役を自分にするように求めた。ハムレットと言い出さなかったのは、学習院の騒動で恩のある土肥春曙に遠慮してのことだった。

しかし文芸協会は、レアティーズ役を、貞にとっては早稲田の三年後輩に当たる林《はやし》和《やわら》にあてがってしまった。表向きは、林が文芸協会第一期の正規入学で、貞が第一期の補欠入学だという理由だ。

この判断に、貞の怒りは収まらなかった。激昂して声を荒らげ、周囲のモノに当たり散らす。かつて華族女学校の生徒だったときに、貞はときおりこういう態度を見せることがあると犬養操から聞いていたものの、その様子は千枝が貞とパートナーになってから初めて見せるものだった。

結局、貞と文芸協会の幹部とはほとんどまともにやりとりできない状態となり、貞は大阪公演でも舞台には上がらず、扮装係と弁当係の裏方に徹することとなった。

「このまま化粧術を極めるのも、良いかもしれない。店のほうは上手くいっているんだから、生活していくだけならそのほうが楽だろうしね」

皮肉めいた貞の言葉に、千枝は表情を曇らせた。

たしかに、かかしやは利益が上がっている。そのおかげで、謡や琴を教えて生活費を手に入れる必要もなくなった。

けれども、それだけで人生が面白いかと言われると、千枝にはそう感じられなかった。店は店でやり、俳優の稽古もし、舞台に上がりたい。そして舞台に上がるのなら、貞と一緒にいろいろな新しいことを試してみたい。そうすることが、自分たちの芝居をいっそう良くしてくれる気がする。そうすることでようやく、千枝は退屈の虫から逃れられる。

——貞さんがいない舞台なんて、つまらないもの。だったらいっそのこと、私も辞めてしまおうかしら。

千枝はそう言いかけて、口には出さなかった。


早朝に新橋を出た列車が大阪に着いたときには、すでに辺りはすっかり暗くなっていた。

それでもつい六年ほど前までは、大阪まで十六時間ほど掛かっていたらしい。それが十四時間かからないくらいにまで短くなったのだから、大阪もずいぶんと近くなったのだろう。

三年前に敷設されたばかりの大阪市電に乗って、道頓堀に向かう。五つ櫓と呼ばれている大阪を代表する五つの芝居小屋の一つである角座が、『ハムレット』の大阪公演会場となる。

今回は文芸協会が松竹と契約したため、歌舞伎の興行と並んで大々的に広告が打たれていた。そのため入場切符の売り上げも好調で、芝居小屋の近くにある良い宿があてがわれた。しかし、

「私も貞さんたちと一緒の部屋に移動しようかしら」と、千枝は旅館の部屋に着くなり、荷物も置かずに周囲を見回した。

部屋は、文芸協会の幹事たちで一部屋、役者たちで二部屋、裏方で一部屋だという。レアティーズ役を林和に取られた貞は舞台には上がらないため、裏方の部屋のほうに入ることとなる。

千枝の言葉に、貞は答えた。

「千枝さんは、まだあんまり無理をしないほうが良い」

大阪公演の直前に産まれた千枝と貞の三人目の子どもは女の子で、二人は裙子《つまこ》と名付けた。裙子は平八、袖子の二人の子どもと同じように、千枝の実家に預けるという話になっていた。

けれども千枝が出産のために入院したとき、同じ病室にいた夏原マサという女性が文芸協会の舞台を見ていたとのことで、『ハムレット』の話で意気投合した。そのマサが死産をしてしまい、千枝と貞は話し合って、いずれにしても自分たちから離れて育ててもらうことになるのなら、いっそ裙子をマサに預けてしまおうということになった。千枝の母の松もそれに賛成し、裙子は産まれたその日のうちに夏原家の養女となった。

そのため千枝にとっては、今まで以上に産後の負担は軽かった。そうはいっても、やはり出産を経たことで体は疲弊している。本来なら大阪に出てくるのもまだ早いくらいだったのだが、文芸協会にいる他の女性たちでは小林正子を除いてまだ舞台には上がるのは難しい。それで、半ば無理を押してガートルード王妃を引き続き演じることになった。

役者の部屋も裏方の部屋も、男女が雑魚寝状態になることには変わりがない。けれども『ハムレット』では女性役がオフィーリアとガートルード王妃しかないので、役者のほうの部屋に入る女性は正子と千枝しかいない。

このところ正子は役以外では千枝と口をきかないので、同じ部屋に入ってもどこか気詰まりだった。裏方にいる二人の女性のほうがまだ気が許せる。

千枝はそう思って、

「役者の部屋には正子さんしかいないでしょう？　裏方の部屋には芳野さんと千歳さんもいるから」と、遠慮がちに言った。すると貞は、

「役者の部屋のほうがいくぶんかは広くて余裕があるからね。こっちのほうが良いだろう」と、言いながら、貞は千枝の荷物を預かり、部屋のいちばん奥に置いてしまった。

結局、千枝は役者たちの部屋で寝泊まりすることになった。

遅くに到着したこともあり、大阪で最初の晩は旅館で夕食を摂り、何事もなく過ぎていった。

翌日は、角座での舞台の仕込みを文芸協会の研究生たちが朝から総出で行い、稽古、そして松竹が主催した歓迎会と、慌ただしく動き回る。

事件が起きたのは、歓迎会で飲んだ酒のためにすっかり酔った文芸協会の人々が、おのおの床に就いた夜中のことだった。

女の声の悲鳴が、宿全体に轟く。声の主は、千枝だ。

驚いたのは、同宿の役者たちだった。

千枝の蒲団から、もぞもぞと抜け出そうとする者がある。

役者たち数人がそれを捕まえ、別の者が灯りをともす。

捕まった男に、皆が目を疑った。レアティーズ役の林和だったのだ。

「なんだ、蒲団を間違えでもしたのか？」

揶揄うような声が聞こえた。

しかし千枝は、はだけた寝間着の胸元を両手で押さえている。その乱れ具合から、何があったのかは明白だった。

部屋が急に静まり返る。すると、廊下のほうからドタドタと走ってくる音が響いてきた。

次の瞬間、部屋の入口にある襖がバンと大きな音を立てて開け放たれた。立っていたのは、貞だった。

「お前、何をしている！」

貞は叫び声をあげた直後、林和に向かって突進した。すさまじい勢いで飛びかかると、固く握った拳が林和の頬を捉える。林和はその衝撃でゴロゴロと蒲団の上を転がり、押し入れの襖にぶつかった。襖が倒れ、大穴が開く。

なおも貞は暴れて、林和に殴る蹴るの制裁を加えた。周囲の役者たちが必死に貞を取り押さえる。

ついには文芸協会の関係者だけでなく宿の従業員たちまで駆けつけての大立ち回りとなり、その喧噪は一時間ほども続くこととなった。

「千枝を連れて、東京に帰らせて頂きます！　男の俳優が夫のある女の俳優に夜這いを仕掛けるなど言語道断。その程度の倫理観しか持たない劇団に、近代的な演劇などできるはずもない」

貞の一言に慌てた文芸協会の幹事たちは、その晩のうちに幹事会を開くこととなった。たしかに、千枝の蒲団に入り込んだ林和は悪い。しかし、暴力を振るって私的に制裁を加えた三田貞に、お咎めなしというわけにもいかない。

幹事会は長時間に及んだ。日付も変わってだいぶ夜も深くなった頃に、千枝がその部屋に呼ばれた。

「なんというか……できることなら、千秋楽まで舞台に上がってほしいのです。上山浦路と松井須磨子の二枚看板があってこそ松竹が契約を結んでくれたので、東京に戻られてしまうと公演が成り立たない。それほど、千枝さんは私たちにとって重要な俳優なのです」

文芸協会会長の坪内逍遙が、平身低頭に述べた。島村抱月、土肥春曙をはじめとした幹事たちも、次々に頭を垂れる。

そうした幹事たちの態度に、千枝は慌てて、

「どうか、頭をお上げくださいまし」と、早口に言った。そのまま、どこか悪戯っぽい微笑を浮かべて続ける。「夜這いになんて遭ったことがありませんので。本当にこういうことがあるのかと、良い退屈しのぎをさせて頂きました」

その言葉に面食らったのは、幹事たちのほうだった。夫以外の男に襲われそうになった女性が、自分の置かれた状況を面白がっている。

千枝の思考には、たしかにいくぶんふつうとは異なるところがある。そのことは知っていた。だが、さすがにこの反応は予想外だった。

幹事たちは、ひとまず千枝が千秋楽まで舞台を務めるつもりであることに安堵したように顔を見合わせた。問題は、貞のほうだ。

「では、私はそろそろお暇して、休もうと思います」

そう言って千枝が立ち上がりかけたところで、

「千枝ちゃん、ちょっと待ってください」と、土肥春曙が慌てて引き留めた。

「どうされました?」

「それなんだけれど」

土肥はチラリと逍遥のほうを見て、目だけでやりとりをする。やがて、お互いに頷き合ってから、

「貞君のことで、少し訊いておきたいことがあるんです」と、切り出した。

「あら？　何でしょう？」

千枝はやや浮かせていた腰を、ふたたび座布団の上に落ち着けた。その様子を見届けて、土肥がふたたび口を開く。

「彼はやっぱり、僕らの方針に不満を持っているんだろうね？」

「不満、ですか？」

「うん。配役のことや、扮装係、弁当係を貞君に任せていることだ」

「ああ……」千枝はしばらく考えてから続ける。「貞さんからそういう話を直接聞いたことはないのですが、役者として舞台に上がれないのなら、文芸協会にいても仕方がないと言っていたようには存じます」

「そうそう、その話です」

土肥は胡座を掻いていた脚をいったん崩し、身を乗り出すようにして正座をする。

「貞さんは化粧術にも熱心ですが、それはあくまで役者として身を立てるために必要だからしていること。あの人はどこまでも役者でいたいんだろうと思います」

「やっぱりそうですか……」

「庭球や野球、絵、学問と、貞さんがいろいろなことに携わってきたのを見てきたけれど、やっぱり役者をしているときは表情が違いますもの」

千枝は言いながら、本郷座で行われた貞の初舞台を見たときのことを思い出していた。

わずか数分、台詞すらもない役だったが、全身を金色に塗って自由に舞踏しているときの貞は、他の何をしているときよりも活き活きとして見えた。ようやく自分が心からやりたいと思うことが見つかった。その歓喜を全身で表現していた。

そして新派に幻滅し、一度は芝居から離れたあと。文芸協会の第一回研究生募集の広告を持ってきたときの貞は、やはり同じ表情をしていた。貞が本当に望むのは、役者として舞台の上でさまざまな人間に成り代わること。そして、その人の人生を舞台の上で生きることなのだ。

近代的な演劇に携わることができる人材をできるだけ多く育てたい。そのために、できるだけ多くの若者に舞台の場数を踏ませたい。文芸協会の幹事たちが持っている方針は理解できる。

そして、日本国内で西洋の演劇を本格的に演じられる場所といえば、まずこの文芸協会となる。演じるためにはこの場所にいなくてはいけないのが現状だ。だったら……。

そこまで考えて、千枝はふと顔を上げた。

島村抱月、東儀鉄笛、土肥春曙といった幹事たちをぐるりと見渡してから、坪内逍遙をまっすぐに見つめた。

「坪内先生、一つお訊きしたいことがあるのですが……」

「なんでしょうな」

逍遥は眉をピクリと動かして、興味深そうに千枝を見返した。

「松竹との契約は、大阪公演のあいだだけでしたわね？」

「ええ、そうです」

「東京での第二回本公演はどうされますか？」

「そうだな……」逍遥は少し考えて、「まだ正式には決まっていないが、僕は試演会でやった『鏑木秀子』を、『ヘッダ・ガーブレル』としてやるのが良いと思っている。日本を舞台にしたものではなく、翻訳劇として上演してはどうかな。多少台詞は変わるが、『鏑木秀子』で十分に稽古したから、それほど時間はかからないだろう。あとは、同じイプセンで『人形の家』をやるという案も出ている」

「つまり、まだ正式には決まってはいないのですね？」

「ああ、そういうことになりますな……」

逍遥は、千枝の質問の意図を判じかねているようだった。『鏑木秀子』のときは、秀子を千枝が黒木判事役を貞が演じた。これを『ヘッダ・ガーブレル』として上演するなら、ヘッダ・ガーブレルが千枝、ブラック判事が貞となる。ブラック判事役なら、貞も満足するというのだろうか。

するとと、千枝はじっと考え込むように畳の上に視線を移した。やがて、自分自身を納得させるかのように、二度、頷く。そして、ふたたび幹事たちを見渡すと、まるでヘッダのような微笑を浮かべて言った。

「わかりました。では、私に一つ考えがあるのですが……申し上げてもよろしいかしら？」


翌日になっても、貞の怒りは収まらなかった。

和解のために設けられた夜の宴席で向かいに座った林和に手にしたビールを顔の正面からぶっかけ、やはり千枝を連れて東京に戻ると言って暴れだす。このままでは弁当係でさえも任せられないということで、貞は結局、何の役割も与えられないまま、大阪に居続けることとなった。

大阪公演は連日の大入りで、東京に比べても舞台の評判は良いものだった。千枝は結局、千秋楽まで舞台を務め上げたが、貞はその様子をずっと観客席から眺めていた。

七月十三日、公演を終えて東京に戻ると、すぐに幹事会が開かれた。千枝と貞が幹事たちに呼ばれたのは、その二日後だった。

今さら弁明することなどない。貞はそう言って、呼び出しには応じない素振りを見せていた。けれども、

「一緒に来て御覧なさいな。面白いことがあるかもしれないわよ」という一言で、しぶ

しぶ余丁町の文芸協会へと向かった。

二人が着くと、すでに幹事たちは部屋で待っていると伝えられた。廊下を歩いている最中、貞は、

「これで、芝居に関わるのも最後だな……」と、千枝の耳にも届くくらいの声で呟いた。

その言葉に、千枝は何も答えなかった。

幹事たちの部屋に入る。一通りの挨拶を済ませ、幹事たちと向き合うようにして座布団に正座をする。先に弁解の猶予を与えることもなく、坪内逍遥が重々しく口を開いた。

「幹事会の決定を伝える。上山草人こと三田貞、上山浦路こと三田千枝、そして林和の三人を、退会処分とする」

その言葉を、貞は目を閉じたまま聞いていた。逍遥が言い終えると大きく息を吐いてから両手を畳の上に突き、深々と頭を下げた。

「今までのご指導、ありがとうございました」

ぽたりと、畳の上に雫が落ちる音がした。

貞は感極まって、震えている。

それでもなお、流れる涙をそのままに口上を述べた。

「新派に幻滅していた私を良い方向へ導いてくださいましたことに感謝いたしますとともに、新しい演劇をこの国に根付かせるためのお手伝いができなかったことに対して、

心よりお詫び申し上げます。これで、芝居からはすっかり足を洗うこととなりますが、化粧術の研究の成果はきっと役に立つと思います。ぜひ、かかしやに足を運んで頂けましたら幸いです」

その言葉に答えたのは、逍遥でも、文芸協会の幹事たちでもなかった。

「あら、それは困りますね」

すました顔で、千枝が言った。

「どういうことだ?」

貞が頭を下げたまま、千枝に視線を向ける。

「だって、坪内先生のお言葉には、まだ続きがあるんですもの」

千枝は目を細めてそう言うと、

「そうですわよね、先生」と、流すような視線を逍遥に送る。

「ああ、そうですな」と、逍遥は千枝に気圧されたかのように言葉を詰まらせた。そして、「本当に千枝君は、まるでヘッダそのものだ」と、半ば呆れたように言ってから、ふたたび口を開いた。

「三田貞、三田千枝女史が作る新しい劇団は、文芸協会の別派とする。坪内逍遥の名前を使うこと、同一の脚本を使うことを認める。特に女優の育成と化粧術の研究は新劇団に依頼する。『鏑木秀子』『ヘッダ・ガーブレル』に関しては文芸協会では破棄、もっぱら新劇団のみでの上演とする」

「何ですかそれは⁉」逍遥が言い終えるや、貞が声を張り上げた。「そんな話、聞いていません！」

その言葉に千枝が、

「だって、貞さんには言っていませんでしたもの」と、おかしそうに笑っている。

その様子を脇から見ていた土肥春曙が、

「千枝ちゃん、今のはさすがにちょっと貞君が可哀想じゃないかい？」と、苦笑した。

「だって、こちらのほうが面白いと思ったんですもの。それに、幹事会で話し合って頂いて、今日のこの会で正式に決めることになっていたでしょう？　それまでに外に漏れてしまうのは、よろしくないと思いまして」

千枝があまりに堂々としているので、逍遥は半ば呆れたように頭を掻いた。

「ぜんぶ、千枝さんが考えたのだ。僕たちとしては、上山浦路を失って、松井須磨子の一枚看板になるのは厳しい。だが千枝さんが、第二回公演では須磨子にノラの役をやらせてイプセンの『人形の家』をやれば、文芸協会のほうは問題ないと言ってね」

逍遥の様子に、貞はがっくりと項垂れた。

そうだ、三田千枝というのはこういう悪戯を考え、平気でする女だった。少なくとも彼女が華族女学校にいた頃であれば、いつもこうして退屈の虫を紛らわせていたのだ。

「やられたなあ……」

貞はぐったりと脱力して、畳の上に脚を崩す。そのまま、

「もう僕も、役者に人生を捧げるしかないじゃないですか」と、幹事たちが目の前にずらりと並んでいるのも気にせず、畳の上に大の字になった。けれども、その表情は、今までに千枝が見てきたどんなときよりもさっぱりとしていて、その瞳には何か新しいことに向かうときの子どものように、輝きを含んでいた。

その様子を咎めることもなく、逍遙が千枝のほうに向き直る。

「舞台は稽古にも公演にも貸すし、台本の講義にも行く。新しい劇団の顧問にもなる。だから、千枝さんにはきっと、『ヘッダ・ガーブレル』を演じてほしい。それは、この国で新しい演劇を育てていく上で、必ずや糧になると思う。それだけは、約束してほしい」

「ええ、もちろん。きっと約束いたします」

千枝がそう答えたことにホッとしたように、幹事たちの空気は和やかになった。しばらくのあいだ、千枝、貞と幹事たちは談笑した。松井須磨子の操縦法、貞が『ハムレット』の舞台を客席から見てどう感じたか、貞がかかしやで売っている化粧品。貞、千枝の二人と文芸協会の幹事たちが、これほど長い時間にわたってお互いの意見を交換し合ったのは、これが初めてだった。

逍遥や抱月は、貞が新しい演劇について確固とした考えを持っていることに驚いている様子だった。その大半は、千枝が西洋の演劇論や脚本を日本橋の丸善で取り寄せ、内容を貞に話して聞かせたものを、貞なりに理解して作り上げているものだった。

二時間ほど経った頃、松居真玄がやってきた。彼は松居松葉という筆名で芝居の脚本を書いたり、三越が刊行している雑誌『三越タイムス』の編集をしたりしており、文芸協会では西洋演劇論の講師をしている。松居は入ってくるなり、

「貞君の化粧品は三越でよく売れるので、助かってますよ。今度『タイムス』で化粧品の特集を組んで、コメントしてほしいくらいだ」と、貞と千枝に頭を下げた。

「ということは、今日も呉服店の仕事でしたか？」と、逍遥が訊ねる。

「いや、今日は帝国劇場に打ち合わせに行ったあと、池袋に寄ってきました」

「池袋ですか？」

「ええ。中村春二君が成蹊園という塾をやっているでしょう？」

「ああ、国学者の中村秋香先生のご子息の」

「そうです。まだ若いけれど、立派な教育者になられた。その彼が来年、三菱の岩崎小弥太君と、今村銀行の今村繁三君の支援を受けて、成蹊実務学校という学校を立ち上げるらしいのです。ちょっと面白そうな学校なので、少し彼に会って話を聞いてきたのですよ」

「三菱と今村とは、また豪儀な話ですな。早稲田などよりもずっと立派な学校になるかもしれない」

松居の話は、教育者としての逍遥の興味を惹いたらしかった。逍遥は成蹊実務学校についての話を聞きたがったが、松居はその話を途中で切り上げて貞と千枝のほうを向いた。

「聞いたところでは、貞君と千枝君のお二人が、文芸協会を辞めて独立するとか？」

その言葉に千枝は、

「そういうことになりました。ずいぶんとお耳が早いこと」と、頷いた。どうやら松居は、幹事会で話し合われた内容を事前に伝え聞いていたらしい。

「それはちょうど良かった。実は、僕のほうでお願いしたいことがあるのです」

松居はそう言って、貞のほうを向いた。

「北村季晴《すえはる》さんはご存じか？」

「ええ。たしか……松居先生が入られる前に、三越の音楽部で主任をされていたと聞いています」

「そうそう。『源氏物語湖月抄』を書いた北村季吟《きぎん》の末裔が西洋のオペラをやるとは、時代も変わったものだ」松居は茶化すように言ってから、続けた。「その北村さんが演芸同志会という劇団を立ち上げて、十二月に有楽座で新劇の公演をすることになってね」

「有楽座ですか。それは素晴らしい……」

「そこに、上山草人にも出てほしいという依頼だ」

「僕が!?」

「演目は森鷗外先生訳の『幽霊』、指物師のエングストランド役をやってほしいそうだ」

「『幽霊』ですか……それは思い切りましたね」

「おお、知っているかい」

「千枝が以前、英語で脚本を読んで内容を教えてくれました」

「それはなによりだ。なにしろ登場人物が五人だけで進むからね。役者の力量がなければすぐに芝居が崩壊してしまう。内容が過激なので世界各国で上演禁止になっているが、僕は間違いなくこれがイプセンの最高傑作だと思っているよ」

「千枝も、イプセンの中ではいちばん面白いと言っていました」

「そうだったか。彼にとって、君を舞台で使うのは宿願だったそうだ。がんばってくれよ」と、松居は言った。

「どういうことです」

「ああ、彼はずっと君の舞台を見ているからね」

松居によれば、北村季晴は貞の初舞台となった『金色夜叉』を本郷座で見ていたのだという。そのときの舞踏を見て、日本でも西洋の歌劇を演じることができると確信を得た。そして、『鏑木秀子』をやった文芸協会の試演会を見て、いつかは貞に自分のところで演じてほしいと考えていたのだという。

「すぐに行きます！　明日にでも」

貞は前のめりになって松居に訴えかけた。松居はその勢いにたじろいでいたが、

「立ち上げはもう少し先になる。今度、北村さん夫妻と面会の機会を設けよう。それで良いかな？」

「はい！」

貞は千枝に顔を向けた。久しぶりに、役者として舞台に上がることができる。しかも、この上なくやりがいのある役だ。少し前まで芝居を諦めて涙していたのが嘘のように、貞の表情は喜びに溢れていた。

松居は言った。

「上山草人が芝居に対して本当に真剣なのは、稽古はもちろん舞台に上がっているのを見ればわかる。そういう役者には必ず見ている人がいて、手を差し伸べてくれるものだよ」

その言葉に千枝が、

「良かったわね。新しい劇団の立ち上げは私のほうでやるから、貞さんはしばらく北村

さんのところでがんばってくださいな」と、言い添えた。貞の喜びに釣られて、千枝の心もどこか弾んでいた。

けれどもその言葉を聞いて、松居はすぐに千枝のほうに向き直った。

「それはもっともだが……千枝さんにも別にやってもらわなければいけないことがあるのです」

「あら、何でしょう？」

「千枝さんには、帝国劇場のオペラのほうに出てほしいんだ」

「ええっ⁉」

いつも落ち着いている千枝には珍しく、動揺して声を張り上げた。松居松葉の提案は、坪内逍遙に文芸協会の分派として新劇団を立ち上げることを持ちかけたときにも何も打ち合わせていない、本当に寝耳に水のことだった。


かかしやの店先には、オルガンの音とイタリア語の歌が響いていた。

ピエトロ・マスカーニのオペラ「カヴァレリア・ルスチカーナ」。歌っている女性のうちの一人は千枝、そしてもう一人は千枝と同じくらいの年頃の女性だ。彼女は柴田環といった。後に三浦環、そして「マダム・バタフライ」として世界的な名声を得ることになるオペラ歌手である。

千枝も華族女学校に通っていた頃に声楽やピアノを習っていただけあって、演劇の世界では咽喉達者として知られている。けれども、東京音楽学校の声楽科を主席で卒業し、二十代にしてすでに母校で講師をしている環の声と歌は別格だった。二階で一緒に声を出していると、建物全体が振動するほどの環の歌に千枝の声がかき消されてしまう。

店を訪れる客たちはその声に驚いていたが、音楽が好きで蓄音機を輸入して手に入れたいと言っている貞にとっては、むしろこの状況が喜ばしいものだったらしい。環が来る日はひどく上機嫌で、化粧品を作るだけでなく店先にも出ていることが少なくなかった。

オルガンの音と歌が止まった。環は千枝に向かって、

「今日は、これくらいにしておきましょうか」と、にこやかに微笑んだ。

「ありがとう存じました」

千枝が深々と頭を下げると、環は、

「あら、そんなに畏まらなくても良いのよ。ほとんど歳も違わないし、歌はともかくお芝居は千枝さんのほうが良くできるじゃない」と、気さくに声を掛ける。

「でも、わざわざ私の家まで来て、教えて頂いているんですもの」

「千枝さんのお腹にお子さんがいらっしゃるのだから当然よ」

「四人目ともなるともう慣れたものだから、申し訳なくって」

「でも、体を大事にするに越したことはないでしょう」

環の言葉をありがたく思いながら、千枝は、

「お茶を淹れましょうか。ちょうど、坪内逍遙先生から頂いたいい紅茶があるの」と、台所に足を向けた。

「だったら、お菓子を用意しないといけないわね！」

弾むようについてくる環の様子を横目に見ながら、同世代の女性とこうして親しく交わるのは久しぶりだと、千枝は思っていた。文芸協会ではかなり歳の離れた女性が多かったし、いちばん年齢の近い小林正子——松井須磨子は、ほとんどまともに会話をしてくれなかったのだ。

環がこうしてかかしやを訪ねてくるようになったのは、文芸協会退会の日に会談した松居松葉の計らいだった。

今、自分は帝国劇場の演劇主任を頼まれている。来月から歌劇部を新設することになって女性俳優を募集しているが、ほとんどが芸妓出身の者や一般の女性たちばかりで、西洋の演劇に明るい者がいないために芸術についての理解が心許ない。そのため、千枝が新しい劇団を作るまでのあいだ帝国劇場で俳優をやってほしい。できれば、千枝と貞の新しい劇団が立ち上がったあとも帝国劇場を兼任してほしい。

松居はそう言って、帝国劇場歌劇部の第一回公演『カヴァレリア・ルスチカーナ』への出演を依頼した。主演の柴田環はサントゥッツァの役、次に大きな女性の登場人物であるローラを千枝に演じてほしいのだという。

けれども、さすがに本格的な歌劇は演じたことがないので自信がない。千枝は、お腹に四人目の子どもがいることを理由に、その提案には断りを入れた。すると松居はその代わりに、混声合唱で登場する村人役に六人の女性俳優がいるから、その指導役を千枝に任せたいと提案してきたのだった。

指導役をやるからには歌劇について学ばなくてはならない。そこで、環が直々にかかしやに足を運んで、千枝を指導してくれることとなった。環のほうでも、自身が主演を務める舞台で村人役の女性たち全員の面倒を見るわけにはいかないから、上山浦路がとりまとめ役をやってくれるならと二つ返事で受け入れたらしい。

——上山浦路のガートルード王妃、本当に素敵だったんですもの。できることならオフィーリアの役も、あの……須磨子といったかしら、あんな素人の大根役者ではなくて、浦路に二役で演じてほしかったわ。

文芸協会の『ハムレット』を帝国劇場で観て、環は屈託のない調子で松居にそう言っていたそうだ。

音楽に携わっている人の批評というのは、こうも辛辣なものなのだろうか。松居からそのことを聞かされた千枝は空恐ろしさを感じながら、緊張して環と顔を合わせた。するると、環は気に入った相手にはずいぶんと肩入れする性格らしく、初めて会ったときから親しげに千枝や貞に話しかけてくる。どうやら、貞――上山草人の舞台も何度か観ているらしい。

「貞さんはきっと、日本なんかには止まらない、世界で活躍する俳優になるから。千枝さんがきちんと、手綱を握ってあげなくてはだめよ」

お茶菓子をもりもりと食べながら、環は千枝にそう話しかけた。

「手綱を取る？」

「アデリーナ・パッティはご存じ？」

「オペラ歌手の？」

「ええ、そう。私もいつかヨーロッパかアメリカに渡って、彼女の歌を聴いてみたいものね。本当に素晴らしい歌手らしいのだけれど、彼女はもう一つの才能があるそうなの」

環によれば、アデリーナ・パッティは演奏会の前に、五つの要求をするのだという。一晩で金貨五〇〇〇ドルの報酬を得ること、公演のポスターで自分の名前はいちばん上に、ポスターの名前は他の公演者よりも大きく、リハーサルへの参加は自由、そして、リハーサルやパーティーなどへの参加はけっして強制されないこと。

「つまり、自分の歌と演技にどれくらいの価値があるのかをわかっていて、商売として交渉することに長けているのね」

日本のオペラや演劇も、そうならないといけない。価値のある芸術家は、その価値に見合ったお金と待遇が得られなくてはならない。それは私たちの利益になるだけでなく、そのお金で後進を育て、より優れた才能をこの世界に生み出すことができる。そうすることで、より才能を秘めた人たちが芸の世界に集まってくる。

環は千枝にそう説明してから言い添えた。

「動物は、生きていくために必要な食べ物を得るために活動をして、寝る場所を確保して、子孫を残すことができればそれで良いのかもしれない。でも、人間はそれだけでは生きてはいけないでしょう。生きていくのに最低限必要なものを揃えた上で、それ以外の時間に、文化や芸術や趣味に触れる。そのことで、次の日からも生活していくことができるだけの活力が得られる。それが、人間が他の動物とは違うところなのだもの」

そのためには、音楽や演劇、文学を、より広く日本の人々に届けられるようにならなくてはいけない。日本人の物質的な生活だけでなく、精神的な生活をより近代的なものに進化させなくてはいけない。

「上山浦路は間違いなく、日本の精神的な近代化に貢献できる人だから。もちろん役者としても、そして上山草人の支配人《マネージャー》としても」

「支配人……？」

「ええ、そう」環は自分の考えに確信を持っているように、はっきりと頷いた。「上山草人はいつか世界に打って出る。そのときに、彼と世界との橋渡しをすることができるのは、きっと千枝さんなのよ」

千枝は環の言葉を、ぼんやりと聞いていた。

考えてみれば、これまでは自分の退屈を紛らわせようと、いつも貞の後を追ってきたのだ。先に芝居に携わったのは貞だった。貞の舞台を見て、自身も役者として舞台に上がってみたいと思った。そして、文芸協会の研究生になるように勧めてくれたのも貞だった。その結果、千枝は今、上山浦路として舞台に立つようになっている。

けれども環の提案は、これからは千枝が貞を引っ張っていくようにというものだ。たしかに貞は最近、新しい劇団が成功したら、今度は日本を出て世界で勝負してみたいと言っている。近代化に成功した日本の芝居で欧州、米国に乗り込んでいって、それと対等に、いつかはそれ以上に優れた作品として喝采を得たいという、とてつもなく遠い宿願を持っている。

そのためには演技の修養を惜しまない。最近では、かかしやの化粧品の在庫を夜中に作り貯めては、横浜にまで出かけて行っている。今度、演芸同志会の公演で演じる『幽霊』の指物師エングストランドは、足が不自由な酔いどれだ。その歩き方を舞台でより現実に生きている人間の通りに再現するために、横浜埠頭で働いている足が不自由な男と知り合い、その歩き方を観察し、教えてもらっているのだという。そうした現実に生きる人間の何気ない所作を、演技に取り込もうとしている。それはいつか日本を出て、世界で俳優として勝負するためだという。

途方もない話だ。文芸協会の研究生を退会となり、ようやく新しい劇団を立ち上げようとしている自分たちには、世界なんてまだ遥か遠いところにある。

けれども……と、千枝は思い直した。

環は、ドイツ人のヴァイオリニスト、アウグスト・ユンケルに師事し、今年来日をしたアドルフォ・サルコリに才能を認められている。オペラ『トスカ』の「歌に生き、恋に生き」「星は光りぬ」や、『蝶々夫人』の「ある晴れた日に」といったアリアを作曲したジャコモ・プッチーニとも親しい、イタリア人テノール歌手だ。だから、彼女はおそらく、日本で芸術に携わっている人間の中でもっとも世界に近い存在だと言える。

その彼女が、上山草人はいつか、世界で活躍するに違いないのだという。それはけっして個人の思いつきや感想に止まるものではないはずだ。まるで預言のように、千枝には思えた。

「世界で活躍する俳優……それはきっと、面白いでしょうね」

千枝は漏らすように声を出した。すると環が、

「ええ、きっと千枝さんは、死ぬまで退屈しないでいられるに違いないわ。それが嫌だというのなら、私が千枝さんを音楽学校に入学させて、オペラ歌手として本格的に指導してしまおうかしら」

「音楽学校に入ったら、いっそう環さんの指導は厳しくなりそうね」

「もちろん。でも、千枝さんは本当に筋が良いから……そうだ、『カヴァレリア・ルスチカーナ』の次の舞台は、二人でやりましょうよ！」

環は茶菓子を食べる手を止めることもなく、次の舞台の構想を話し始めた。アウグスト・ユンケルが、日本の謡曲に興味を持っている。それなら、千枝はずっと謡をやっていたから、純粋な西洋のオペラをそのままに演じるよりはやりやすいに違いない。たとえば、ユンケルに『熊野《ゆや》』や『卒塔婆《そとば》小町』に西洋風の音楽をつけてもらって演じるのはどうだろう。

次々と湧いてくる環のアイディアを、千枝は熱にでも浮かされたような状態で聞いていた。

世界で活躍する俳優。上山草人の支配人。

今まで考えてもみなかったような未来が急に目の前に開けてきて、頭がそのイメージを処理することができずにいた。けれどもその漠然とした未来への期待感に、千枝の胸は高鳴っていた。

第四章 ヘッダ・ガーブレル

かかしやの表に、「近代劇協会」という看板が掲げられていた。

貞が出演した演芸同志会の『幽霊』と、千枝が出演したオペラ『カヴァレリア・ルスチカーナ』そして『熊野』の公演が終わり、千枝が三女の蕗子を産んだあとの一九一二(明治四十五)年五月二十八日に掲げたものだ。

その日、千枝は芸名を上山浦路から、山川浦路へと改めていた。

――私は貞さんのパートナーだから上山を名乗っていたのだけれど、これからは役者だけでなく、貞さんが演劇の世界で活躍するのを支えていくことができるようになりたいの。

それは、貞が世界に打って出るのを手助けするように環に背中を押されて以来、千枝がずっと画策していたことだった。

貞の姓である上山に、貞の産みの母親である角川の姓を合わせた山川の姓を名乗る。

それは、役者であると同時に、世界で活躍する俳優・上山草人――Sojinを産み出す存在になろうという、浦路の決意表明だった。

その日以来、千枝と貞は多忙を極めるようになった。

朝食を終えると、貞はかかしやの二階で、劇団の幹事たちと近代劇協会の研究生たちの演技指導を始める。千枝はその合間に、最近雇い始めた店員たちに店番を任せて、自身は外回りの仕事を始める。

まずは、大西白牡丹や白木屋、三越といった百貨店で貞の化粧品の発注を受けつつ商品を納品する。貞の化粧品の取引先は十軒を超えており、それらを一軒ずつ回って歩かなくてはならない。

納品と発注を終えると、そのまま帝国劇場に向かう。

帝劇では、環から声楽の指導、イタリア人のジョヴァンニ・ヴィットーリオ・ローシーから舞踊の指導を受ける。また、帝国劇場が休みの日には、新橋に住んでいるノルウェー人のもとを訪れていた。近代劇協会の第一回公演として予定している『ヘッダ・ガーブレル』を、英語とノルウェー語、日本語で対照しながら、より原文に忠実なニュアンスで演じられるように、台詞の擦り合わせをすることがその目的だった。

帰りに本郷にある小間物屋のかねやすに立ち寄って家に戻ると、貞は研究生たちの指導と自身の稽古を終え、夜中までずっと化粧品を作っているか、あるいは来客の対応をしている。

しかしその日は、千枝が戻ってもまだ研究生たちが指導を受けていた。

貞が扮装術と演出法を、警醒社という出版社で洋書係を務めている伊庭孝が発声法と音楽理論、別の出版社の教文館で外国図書整理係をしている柴田勝衛が外国語と外国文学を、そして、文芸協会の研究生を病のために退会した杉村敏夫が弁論術と演劇史を教える。外国語と外国文学の授業は、柴田の予定が合わないときには千枝が、発声法の練習はときどき遊びに来る環が、代わりに担当することもあった。

近代劇協会の講師たちは、全員が貞の考える演劇の近代化に賛同した新しい友人たちだ。文芸協会のように評論家や研究者による講義をするのではなく、それぞれが実務でも活躍している。そのため、実社会で身につけた現実の人間としての生き方そのものも、講師たちから学ぶことができる。

演技を完全にするためには、日常の立ち居振る舞い、思考、人格に至るまで、一人の人間をすべて俳優として改造しなければならない。それが、貞の考えだった。

かかしやの二階では、四人の女性が台本を開いて、声に出して読み上げている。四ッ谷で芸者をしていた貞の義従姉、千枝が声を掛けて連れてきた帝国劇場の二人の練習生、そして、千枝と仲が良くよくかかしやに出入りしている娘。彼女たちには貞がそれぞれ、一条汐路、中山歌子、河合磯代、夢野千草という芸名を与えていた。

——特に女性俳優の育成と化粧術の研究は新劇団に依頼する。

文芸協会を退会するときに坪内逍遥から言い渡された条件は、貞が日頃から主張していた考え、女性役はすべて女形ではなく女性が演じるべきだというものに沿っていた。そのため近代劇協会では、できるだけ多くの女性を集めようと、千枝と貞が伝手を辿っては、多くの女性たちに声を掛けていた。

しかし、

――はい、その通りでございます。違うと申せば一から十まで違いますんです。

文芸協会を退会するときに坪内逍遥から預けられた早稲田の教員である千葉掬香が翻訳し直した『ヘッダ・ガーブレル』。その中にあるテア・エルヴステードの台詞を一条汐路が読み上げると、貞は頭を抱えた。

演技になっていない。ただ、声を出して読み上げているだけだ。

貞が何度も読んでみせても、四人の演技は変わらなかった。一から十まで違うのは、君たちの演技だ。そう口に出そうとして、ぐっと堪えているようだった。いくら汐路が義従姉だといっても、女性の俳優に対してあまり強く指導することはできない。稽古に参加してくれる女性を探すことにさえ苦労しているのだから、ここで臍を曲げられて出て行かれでもしたら、また新しい女性を探さなくてはいけない。

貞は松井須磨子のことを、大根役者だと思っていた。けれども彼女は演技に対して真剣で、坪内逍遥や島村抱月に言われたことは、なんとかしてその通りに演じようとしていた。それだけでも、須磨子には俳優としての素質があったのかもしれない。貞はふと、千枝に小声でそんなことを言った。

「今日はもういいです」貞は小さくため息を吐きながら、「九月には舞台の本番になります。今度の週末は京橋にある銀座教会が礼拝のあとで建物を貸してくれるので、そこで稽古をしましょう」と、力なく言い伝えた。

俳優の卵たちが荷物をまとめ、帰路につき始める。千枝が彼女たちをかかしやの店先まで見送ってから二階へ戻ると、貞はじっと考え込むように姿見鏡と向き合っていた。

「仕方ないわよ。お芝居なんてやったことがないお嬢さんたちなんだもの」

千枝が背後から声を掛けると、

「ああ、うん」と、貞は曖昧に返事をした。

「正子さんだって、最初は声も出せなかったじゃない。それが、去年やった『人形の家』やこのあいだの『故郷』で、すっかり日本でいちばんの女性俳優ですもの。わからないものね」

「なあに、近代劇協会が公演を始めれば、松井須磨子なんてどうってことはない。それに、千枝さんは最初からできていたじゃないか」

「そんなことないわ。思い切りが良かっただけ」

千枝は笑いながら、オルガンの前にある椅子に腰掛けた。そして、貞に伝えなくてはならないことを、口にするかどうか迷っていた。

近代劇協会の旗揚げ公演は、日本で最初に観客席を西洋式の椅子席で作った有楽座で行うことになっている。数寄屋橋にある新劇運動の拠点で、文芸協会が先月、ズーダーマンの『故郷』を公演して好評を得た劇場だ。

公演は三日間。しかし、有楽座からは、三日間であれば使用料金は一〇〇円だと言い渡されていた。給料をもらって働いている男の平均年収が三五〇円ほどだから、相当の値段だ。

有楽座の座席が九〇〇席だから、三日間の興行の入りが良ければ黒字になる。けれども、近代劇協会はかかしやの売り上げから貞と千枝の生活費を差し引いた額でなんとか運営している。先に切符をまとめて売ってしまえばまとまった金額を集めることもできるかもしれないが、支払いは前売りよりも早い。一〇〇円という大金など、用意できるはずもない。

――「主人公として舞台に立ちますのは、マア、こんどがはじめてのやうなものですから、――」浦路子はもうヘツダになつたやうな、表情のある大きな瞳をすゑて、平らにわけた鬘下地《かつらしたじ》のほつれ毛を掻きあげる。

六月六日の『読売新聞』には、連載「新しい女」の第十八回として、千枝のことがこんなふうに記事になっていた。

少しでも会場を借りる費用の足しになればと、このところ千枝はたびたび新聞や雑誌の取材を受けている。あまりこうした取材は受けてこなかった千枝だったが、聞き取りに応じれば謝金がもらえるということで、かかしやの二階にある部屋に記者を招き入れた。近代劇協会が第一回公演で『ヘッダ・ガーブレル』をやることや、かかしやの話題にも触れてもらえれば、切符や化粧品の広告になる。それでも、一〇〇円という金額に比べれば微々たるものだ。

千枝は有楽座から求められている使用料金のことが喉まで出かかったが、貞にはそれを伝えないまま飲み込んでしまった。劇団の運営のことで貞の気持ちを煩わせるよりは、芝居のほうに集中してほしい。そう考えていた。

「いやあ、井上通泰《みちやす》先生から、こっぴどく叱られました」

発声法の講義のためにやってきた伊庭孝は、かかしやに着いて貞が外出中なのをたしかめるなり、千枝に向かって笑いながら言った。

七月に入ると、一〇〇円の会場費とは別の問題が持ち上がった。新聞が連日、天皇の体調が良くないことを報道するようになっていた。持病の糖尿病が悪化しているらしい。その報道が増えるに連れて、寄席や歌舞伎、芝居の興行が目に見えて少なくなっていた。陛下の非常時に娯楽などとはけしからんと当局から目を付けられないよう、それぞれの会場が自粛をしているとのことだった。

もし、近代劇協会の第一回公演を予定している九月に天皇崩御となってしまうと、公演どころではなくなる。そこで、天皇の侍医である井上通泰と知己だった伊庭が、天皇の容態について直接訊いてみたらしい。すると、学生だったときにもこれほど叱られたことはないというほど、すさまじい剣幕で怒鳴られたのだという。

「有楽座から別に使用料を請求されることはさすがにないと思うんですが、公演が延びるとなれば、近代劇協会の経営も苦しくなってくるでしょうしね」

伊庭の言葉に、

「そうですね……」と頷きながら、千枝は内心で別のことを考えていた。

研究生たちに講義をしているだけなら、運営費は講師たちへの謝金だけで済む。それなら、かかしやの売り上げがあれば、もう半年くらいは持ちこたえられる。むしろ、劇場への支払いが延びるのでありがたい。それに、たとえそうした事態になったとしても、さすがに公演の中止ということはないだろう。

「どちらかというと、延期になったりしたときに、貞さんが背景や衣装を変えたいと言い始めないかが心配ね」と、千枝は本心を口に出した。

「たしかに、貞君は凝り性だから」

伊庭は笑いながら言ったが、千枝は、

「笑いごとじゃないのよ。今の時点でもう、役者への出演料が心配になるくらいなんだもの」と、目を伏せて、帳簿にチラリと目を向けた。

「まあ、彼が劇団を立ち上げる以上は、予想のついていたことではあるかな」

「そうね。少しは抑えてほしいのだけれど」

「まずは、できるだけ早めに入場切符を刷って売り捌いてしまおう。そうすれば、会場費の足しにもなる」

伊庭の提案をもっともだと思いながらも、今度は俳優たちのことが頭をもたげた。特に女の研究生たちは、まだ舞台に上がれるような段階ではない。たとえ切符を前売りで売ることができたとしても、肝腎の芝居のほうが不評になっては、今後劇団を続けていくことが難しくなってしまう。第一回公演ではご祝儀で許してもらえたとしても、第二回の公演からは観客の目もいっそう厳しくなるだろう。

そう思うと、稽古の期間が延びるという点でも、いっそ公演が延期になってもらったほうが良いのかもしれない。

「……もう少し俳優探しを続けてみましょうか」

千枝はぼんやりと、自分自身に向かって言うように声を出した。その様子に、伊庭のほうでもその意を汲み取ったらしく、

「そうですね。今度、柴田さんや杉村さんも誘って、また回ってみましょう。そのときに切符を前売りで一緒に売ることができればちょうどいい」と、二つ返事で同意した。

劇団として立ち上げたは良いものの、近代劇協会の前途は多難だった。

数日後。案の定、天皇陛下崩御の報が新聞各紙の一面を埋め尽くしていた。そして、学習院の乃木希典院長が殉死したという事件も、同じとは言わないまでも多くの記事になっていた。

——本当に古くさい方ね。

千枝は新聞の記事を読みながら、ため息を吐いて呟いた。

数日後、有楽座から手紙があった。

公演を九月から十月末に延期してほしい。そう書かれていた。

近代劇協会での女性俳優探しをふたたび始めたのは、八月末のことだった。

汗を流しながら東京府内を歩き回り、置屋で稽古をしている芸者や、カフェの女給を見て回る。

学習院女学部を訪れるわけにはいかなかったが、かつての華族女学校と同じように、授業参観をさせてくれる学校はありがたかった。やはり、英語や文学、芸術について女学校である程度学んだことのある女性のほうが、役者としての飲み込みが早いのではないか。貞と千枝はそう考えていた。

けれども、何か所回っても、なかなか俳優の志願者は見つからなかった。近代劇協会を立ち上げた直後にすでにめぼしい女性たちには声を掛けていたし、女が芝居を演じるということに抵抗感を持つ人は少なくない。たとえ本人が少し興味を示していたとしても、両親の反対で破談になることもあった。

この日も、千枝や貞を含めた近代劇協会の幹事たちは何の収穫もないまま、かかしやのある新橋へと戻ることとなった。旗揚げ公演の延期に会場費の捻出、役者たちの力不足、なかなか発掘できない新しい俳優。そうした状況を思うにつけ、足取りは自然と重くなる。

せめて少しは気分転換でもしないといけない。幹事たちは誰が言い出すともなく、南鍋町に去年できたばかりのカフェーパウリスタへと向かった。

この店はブラジルに日本人の多くが移住した見返りに、現地から豆を無償で提供されることになり、早稲田大学の創立者である大隈重信《おおくましげのぶ》の出資によって開店した。そのため珈琲をわずか五銭で飲むことができ、早稲田の関係者が集まることが多かった。また、森鷗外の仲介で慶應義塾の教師となった永井荷風がフランスにあるカフェにもっとも近い店として紹介したおかげで、慶應の学生のたまり場にもなっていた。銀座をぶらぶらと歩いてからカフェーパウリスタに寄ることから、学生たちのあいだでは銀ブラと言われていた。

　まだ真新しい西洋風の建物に入り、いちばん奥の座席に陣取る。店内では、まだ若い青年男性たちが、正装をして給仕として働いている。

　その様子をぼんやりと眺めながら、

「西洋にある本場のカフェにも行ってみたいものだね」と、貞が呟く。その言葉に、

「これだけ西洋の文学や芝居を翻訳しているのに、行ったことがないというのは、かえって珍しいかもしれないです」と、伊庭が自虐的に笑った。

「それなら、いつかは近代劇協会も海外公演をしないといけない」

「遠いなあ……だが、野望は大きいほうが良いですね」

　二人の呑気な会話を傍らで聞いていた千枝は、

「そうですね。せめて、たった二回の公演で近代劇協会が終わらないようにしないといけないわ」と、コーヒーのカップを口に運びながら淡々と声に出した。

　貞が苦笑する。千枝が北村季晴の演芸同志会のことを言っていることは、すぐにわかった。

　貞が出演した第二回の『幽霊』と同時に、北村はノルウェーの劇作家であるビョルンソンの『手袋』を森鷗外に依頼して翻訳してもらい、舞台にかけた。イプセンが社会劇

で売り出すよりも早くに書かれた戯曲で、夫が妻に対して求める貞操を、妻が夫にも求めるべきだというテーマを描いたものだ。ノルウェーでは大きな話題になった作品らしかったが、おそらく日本人にとってはまだそうした考えに馴染みがなかったのだろう。客はほとんど入らず、北村は資産はもちろん北村季吟から受け継いだ家に伝わる本までも売り飛ばして公演を続けることとなり、わずかその二つの公演だけで演芸同志会は解散となった。

「ビョルンソンは良い本を書くけれど、難しすぎたんだ。同じ失敗はしないよ」

貞がそう答えたので、千枝は、だったら舞台背景のほうももう少し節約して頂かないと……と言いかけて、上目遣いに貞を見ただけでそれ以上は口に出さなかった。

第一回公演が十月に延期となった直後、案の定、貞は背景の書き割りを作り直したいと言い出した。建築家がノルウェーの家屋建築図を見せてくれたのだという。

どうやら千枝たちが写真で見ていたフランスやイングランドの石造り建築とノルウェーの建築とでは、かなり大きく趣が異なっているらしい。室内が板張りで作られていて、壁や天井に塗られるペンキの色にも特色がある。また、食器や調度品のデザインもすっきりとして直線的なものが多い。そうした雰囲気を、貞はできるだけ忠実に再現したいのだという。

たしかに、ノルウェーの劇作家であるイプセンの芝居を演じるのであれば、舞台はよりノルウェーの家屋に近づけたほうが良いのだろう。しかし、近代劇協会の財布を預かっている千枝としては、これ以上の予算を費やすことは避けたかった。

当初は、少しくらい公演が延びても、しばらく講師たちへの謝金の支払いが維持できると考えていた。けれども、すでに予想していた以上に準備のために必要なお金がかさばっている。このままでは演芸同志会と同じように、本当に二回の公演で劇団を閉じるという事態になりかねない。

「それに、近代劇協会には上山草人と山川浦路がいるんだ。もう一人くらい看板の女性俳優ができれば、きっと文芸協会よりも大きくなれる」

あまりに楽観的な貞の様子を見て、千枝は彼に気付かれないようにそっと肩を落とした。こうしたやりとりをしていると、貞を役者として世界に送り出そうという決意が揺らぐ。いっそ、柴田環と帝国劇場に面倒を見てもらって自分一人が独立して演劇の世界に入っていったほうが、ずっと気楽に、なおかつ刺激的な毎日を送れるのではないかという誘惑にまで駆られてくる。

でも……と、千枝は思い直した。それでは意味がない。自分を演劇の世界に導いてくれた貞を、なんとかして成功させようと決心したではないか。

空いている時間にもう少し仕事を増やして、お金を稼ぐことができないだろうか。カフェーパウリスタでは若い男性が給仕をしているが、近頃東京府内にできているカフェでは女の給仕を多く雇っている。もしかしたら自分も、そういう仕事ならできるかもしれない。

そんなことを考えていると、ふと、二つ隣の席からカタカタと聞こえてくる音に気が付いた。聞き慣れない音だ。

その音のほうに顔を向けると、一人の女性が熱心にタイプライターを打っていた。千枝はふらりと立ち上がり、その女性の向かい側の空いていた席に腰掛けた。女性は顔を上げて、驚いたようにこちらを見返している。

「あの……なんでしょうか?」

「もしかしてそれ、お仕事かしら?」

千枝が訊ねると、その女性は、

「父が体調を崩して、この頃、働くことができなくなってしまって。それで、仕事になるかもしれないと習っているんです」と、答えた。

女性の名は、牛円貞子《うしまどさだこ》といった。スペイン大使館の一等書記官である牛円競一の娘だという。実践女学校を卒業したあと、最近は京橋に住んでいるスペイン大使館の館員にスペイン語、タイプライターを習いに通っている。この頃はタイプライターで文書を作る仕事の募集が増えていて、内職でやると給料も悪くないらしい。

「教えてくださる?」

千枝は目を輝かせて、貞子の手元を覗き込んだ。

これならかかしやの店番や芝居の稽古の合間にできるし、たとえば近代劇協会の広告を自分で作ることができるようになれば、経費を浮かせることもできるかもしれない。そうだ、これだ。コーヒー一杯五銭を払えば、この店ではどんなに長居をしても許される。ここでこういう仕事をやるのは、きっと自分に向いているに違いない。

「ええ、構いませんが……」

貞子は遠慮がちに言うと、ふたたびカタカタとキーボードを叩き始めた。セットされた紙にスペイン語の文字が印字されていく。スペイン語の小説……戯曲だろうか。その様子を、新しいおもちゃを見つけた子どものように千枝はじっと見ていた。

そんな二人の様子を、貞は席に座ったまま、ぼんやりと眺めていた。

『ヘッダ・ガーブレル』を翻訳した千葉掬香が、お金は貸してくれないものの、有楽座を使うために必要な一〇〇円を借りるための保証人になってくれる。その話がまとまったのは、それから数日後のことだった。

近代劇協会の門出が、ついに正式に決まった。


一九一二（大正元）年十月二十六日。有楽座の周囲は多くの人で溢れかえっていた。

九〇〇席の会場で、ここから三日間。千枝の華族女学校時代の伝手と千葉掬香による紹介、そして貞が自ら切符を売り捌いたことで、前売券は完売となった。それでも当日券を求めて多くの人が押し寄せている。

演目は予定通り、千葉掬香訳によるイプセンの『ヘッダ・ガーブレル』。ヘッダを山川浦路、夫のレーヴェヴォルクを上山草人、ブラック判事を伊庭孝、テア・エルヴステードを一条汐路が演じる。

観客席には犬養毅と操がいたのはもちろん、連日、文学に関わる錚々たる顔ぶれが多く見られた。森鷗外夫妻、夏目漱石、幸田露伴、徳田秋声、巌谷小波、相馬御風。二日目には文芸協会の坪内逍遙と島村抱月の姿もあり、

「もうこれで死んでも、恨むものはない」と、貞は涙を流して喜んだ。

近代劇協会が文芸協会の別派であり、坪内逍遙との約束を果たして『ヘッダ・ガーブレル』を演じた日本の近代演劇の幕開けの一つである。それが上山草人、山川浦路を中心としている。このことが、名実ともに認められた瞬間だった。

また、劇評でもっとも大きな力をもっている『やまと新聞』の記者である水谷竹紫が毎日楽屋に入り込んで記事を書いた他、『読売新聞』をはじめ、ふだんは政治色が強く、あまり演劇、芝居の記事を載せない『東京日日新聞』までもが取材に訪れていた。各紙には劇評が掲載され、特に好評だったのは、山川浦路、上山草人の二人はもちろんのこ

と、伊庭孝によるブラック判事だった。

三日目を迎えても、当日券を求める客の足は途絶えなかった。

その日、有楽座の支配人が、楽屋を訪ねてきた。

「あと二日……二日だけで良い。五十円で貸すから、興行を延長してくださいませんか」

一〇〇円の使用料をめぐって冷淡な態度をとっていたのが嘘のように、楽屋で額を畳に押しつけるようにして頭を垂れている。ふだんはこうした素振りを見せない支配人の振る舞いに、千枝と貞は慌てて、公演を二日間延長することを決めた。その二日は、前売券の販売はなかったが、当日券だけで満員となった。それは、文芸協会でもできなかった快挙だった。

五日目の千秋楽。

全席が椅子席になっている観客席のいちばん後ろに、一人の女性客の姿があった。じっと動かずに、食い入るように舞台を見つめている。休憩中も席を離れず、公演が終わってからも長いあいだ座ったままでいた。

劇場の係員が声を掛けると、山川浦路に会いたいのだという。しかし、楽屋には行きたくないから、会場の外に連れてきてほしいそうだ。

そういう不審な発言をする者の相手は、しない方が良い。幹事たちはその女性客に会うことを止めようとした。けれども千枝は、

「別に、取って食べられることはないと思うわ」と、気にしない様子で、化粧を落とすなり外に出て行った。

十月も終わりが近づいている。千秋楽はいつもよりも芝居の間がどこかゆったりとしていて公演の時間が延び、だいぶ遅い時間になっていた。それでも、有楽座のすぐ脇を流れる皇居の外濠を挟んで向こう岸に広がる銀座の街は活気に満ちていて、ざわついた空気がこちらまで届いてくるような気がする。

その女性客は、ちょうどその外濠を見下ろしながら、百五十メートルほど先にある数寄屋橋門を眺めていた。千枝は彼女に、

「近代劇協会の俳優を志願している方かしら」と、冗談めかして声を掛けた。

「そんなわけないでしょ」

「あら、前よりは少し丁寧な言葉を使うようになったのね」

「私、昔からあなたのそういうところが嫌いなの」

女性はフンと大きく鼻で息を吐くと、腕組みをして上から見下ろすような視線を千枝に向けた。

「私はあなたのこと、嫌いじゃないわ。だって、ヘッダにとっては可愛いテアだもの。ねえ、正子さん……今は、須磨子さんとお呼びしなければ失礼かしら」

「だから……」

正子——松井須磨子は、千枝の言葉に頭を抱えた。そして、
「本当に、あなたとは合わないわね」と、小さくため息を吐いた。
けれども、千枝はそんな須磨子に、まるで猫が暴れている様子を面白がってみている
ときのような様子で続けた。
「よくいらしてくださったわ。お忙しいでしょうに」
「うちの芝居が、今日は早い時間だったから。それに、瀧太郎さんが見ておくようにっ
て言うなら、仕方ないじゃない」
「ああ……」
須磨子の言葉に、千枝は納得した。瀧太郎は、島村抱月の本名だ。彼に言われたこと
にはしたがうのが須磨子だった。今、帝国劇場で公演している『人形の家』も、彼の演
出だという。
一方で内心では、引っかかるものを感じていた。かつて須磨子は島村抱月のことを、
抱月先生と呼んでいたはずだ。それなのに、さっき彼女は瀧太郎さんと呼んだ。もしか
すると二人のあいだに、何かあっただろうか。島村抱月は妻子のある身だったはずだが。
そうした疑念を隠すようにして、
「抱月先生も、二日目に逍遥先生と一緒にいらしていたものね。言ってくだされば、席
を用意したのに」と、須磨子の言葉に淡々と答える。

「いいのよ、そんなこと。今日、来られるかどうかわからなかったから」

須磨子は目を伏せて、小さな声で答えた。

何か言いたいことが別にあって、それをなかなか言い出しかねているらしい。千枝はそのことを感じ取っていたが、

「浦路さん、草人さんが探しているって。支配人の方が、お話があるみたい」と、一条汐路が千枝の姿を見かけて、遠くから声を張り上げた。

「わかった。すぐに行きます」

千枝はよく通る声で返事をしてから、須磨子のほうを向き直る。

「ごめんなさいね、劇団の事務は私がやっているものだから。また機会があったら、ゆっくりお話できると嬉しいわ」

そう言って、千枝が踵を返した瞬間だった。

「待ちなよ！」

須磨子が叫ぶ。それは、さっきまでの女優・松井須磨子としての振る舞いではなく、文芸協会時代――小林正子だった頃の振る舞いだった。

千枝が驚いて振り返る。

須磨子はキッと千枝を睨み付け、顔を真っ赤にして続けた。

「言っただろ！　いつか演技が上手くなって、あんたから主役を奪ってやるって。それ

なのに、さっさと逃げやがって。この、嘘つき！　いいから、私と勝負しろよ。ヘッダもオフィーリアもノラも、ぜんぶオーディションで決めればいいんだ。そうすれば、誰もあたしの役に文句なんて言わない。瀧太郎さんのおかげで役がもらえている大根役者だなんて、誰にも言わせない。私が日本でいちばんの女優だって、きっと誰もが認めてくれるんだ」

須磨子は感極まって、今にも泣き出しそうになっていた。終わりのほうは、ほとんど声が震えていた。

嘘はついていないだろう。内心でチラリとそう思いかけたが、須磨子の言いたいことは理解できた。

かつては上山浦路と松井須磨子の二枚看板だった文芸協会は、今では女性で舞台に上がり続けているのは須磨子だけになっている。他の研究生も舞台には立つものの、まだ女形に頼らざるを得ないことが多い。

そんな中、文芸協会の舞台では、須磨子への批判が集中していた。実力不足。歌がまずい。新劇を理解するだけの素養が足りない。演技になっていない。もちろん、須磨子の芝居を褒める評も新聞や雑誌には載っている。けれども須磨子は、観客からの反応や楽屋に出入りしている関係者による評価を、ほとんど一身に受けている。千枝が文芸協会にいたときに比べて、その重圧は並大抵のものではないのだろう。

慈しむような、哀れむような目線で、千枝は須磨子を見た。須磨子のほうが二十センチ近くも背が高いので、どうしても千枝は須磨子を見下ろすような形になる。そういえば須磨子はこんなにも小さかった。そのことを久しぶりに思い出していた。

息を吸った。千枝の表情が変わる。その変化に、須磨子も気が付いた。

千枝はまるで無垢な少女のようにまっすぐな瞳で須磨子を見つめた。すると突然、大きな声を張り上げる。

——おお、ロミオ、ロミオ！　なぜ卿《そなた》はロミオじゃ！　父御《ててご》をも嫌い、自身の名をも棄ててや。それが否《いや》ならば、せめても予《わし》の恋人じゃと、誓言《せいごん》しや。

須磨子はぽかんとしていた。あまりに突然のことに、目の前で起きていることが頭で処理できていない様子でいる。

「どう？」悪戯っぽい表情で、千枝が須磨子に訊ねる。

「どうって……逍遙先生が訳した、『ロミオとジュリエット』じゃない」

文芸協会の稽古でやった台詞だ。公演に使う予定はなかったが、試演として研究生たちに脚本が配られた。そして、当時は須磨子——小林正子がジュリエットを演じ、千枝はその母親のキャピュレット夫人をやっていた。

千枝は言った。

「少し前にね、『読売新聞』の取材で答えたのよ。自分はもっとピュアな、ジュリエットみたいな生き方がしてみたい、って」

　その言葉に、思わず須磨子は笑いをこぼす。

「何言っているの、ぜんぜん似合わない」

「そうでしょう？」

「ジュリエットはこうするのよ」

　須磨子は一度目を閉じる。まるでバルコニーの下に向かって呼びかけるように、大きく手を前に出して、目の前に想い描いた虚空のロミオに向かって呼びかける。

　——おお、ロミオ、ロミオ！　なぜ卿はロミオじゃ！　父御をも嫌い、自身の名をも棄ててしまや。

　役にこれまでの自身の人生をすべてぶつけるかのような情熱的な演技。それこそが、松井須磨子の真骨頂だ。

　しばらく彼女の演技を見ないあいだに、彼女の演技は変わっていた。たしかに文芸協会の研究生だった頃と同じように、今でもどんな役を演じても、松井須磨子の演技にはどこか松井須磨子としての影が漂うのだ。それでも、もしかしたら物語の中に描かれている人物には、松井須磨子のような側面があったのではないかと思わせるような説得力。それを、須磨子は獲得していた。

「でも、松井須磨子のジュリエットは、けっしてピュアではないわね」

揶揄うように、千枝が言った。

「良いのよ。純粋無垢のようにみせかけて、実は人生の酸いも甘いも知っている。そんな嘘つきのジュリエットがいてもいいじゃない」

須磨子はニヤリと笑って、千枝に答えた。

「本当に私たち、合わないのね。須磨子さんとは、根本的に演技に対する考え方が違うみたい」

「役者にはそれぞれ、違った考え方があったほうが良いのよ」

「そうね、それがぶつかり合うから、お芝居は面白いんだわ」

「珍しく気が合うのね」

「また一度くらい、一緒に舞台に立ってみる?」

「あら、千枝さん……近代劇協会の看板にして、帝国劇場のオペラでも評判になっているあの山川浦路が、私の引き立て役になってくれるの?」

「どうかしら。私が主役で、松井須磨子が脇役ならよろしくてよ?」

「それは御免だわ。じゃあね」

須磨子はそう言って宵闇の中で涼しい顔を浮かべると、満足したように踵を返して歩を進める。けれども十メートルほど進んだところで須磨子は顔だけをこちらに向けて、叫ぶように言った。

「一度くらいは、いつかまた同じ舞台に立ったり、同じ役をそれぞれに演ってみたりするのも悪くないわね。そのときを楽しみにしているわ」

須磨子はそのまま、颯爽と夜の銀座に向かって歩いていった。

そんな彼女の背中を、千枝はしばらくのあいだずっと目で追っていた。


有楽座での公演を終えた翌日。千枝は珍しくかかしやの仕事を任せ、市電に乗って千駄木に向かっていた。

団子坂を登り切ったところで左手を見ると、塀の上に二階部分が覗いて見える建物が建っている。森鷗外が二十年ほど前から住んでいて、自ら観潮楼と呼んでいる自宅だ。

千枝が建物の門をくぐると、十歳くらいの子どもが玄関先に現れた。涼しい目つきをした可愛らしい少女で、千枝の顔を見るなり、

「あなた、有楽座のヘッダね！」と、ぱあっと頰を紅潮させた。

「あら、お嬢さん。御覧になっていたの？」千枝が驚いて訊ねると、

「パッパが連れて行ってくださったの」と、朗らかに答える。

どうやら森鷗外の娘らしいと、千枝はこのときに気が付いた。鷗外には二人の娘がいると聞いたことがある。年格好からいって、長女の茉莉のほうだろう。

「そう、素敵なお父様なのね」

千枝が微笑みかけると、茉莉は、

「ええ。パッパは世界でいちばん素敵な殿方なんですもの」と、自信満々に答えた。

父親のことが大好きでたまらないことが、口調や言葉、態度の端々から感じ取れる。

自分もこんなふうに純粋に育てられていれば、あるいはジュリエットを演じることもできたかもしれない。千枝はそんなことを考えた。

「すぐにパッパはお部屋から出てこられると思うわ」

茉莉はそう言うと、コホンとわざとらしく一つ咳払いをしてから、

「いらっしゃい、今朝ほどは失礼」と、妙に芝居がかった声を出した。

千枝は驚いて目を開く。これはたしか……と思いながらしばらく目を閉じて、

「や、先刻は……」と、男装した女性のように低い声を出してみた。

茉莉はその言葉を聞いて、嬉しそうににっこりと口角を上げている。そのまま、

「判事さん、さあ撃ってしまいますよ！」と、短銃《ピストル》の形を両手で作って、千枝のほうに狙いを定めた。

「危ない、危ない。冗談しちゃいかん。私のほうを狙ってはいかんよ！」

「いけないって、それは裏口のほうからはいっていらっしゃった報いですよ」

そう言った直後バアンと声に出して、短銃の形にした指を、自分の額に向けて振り上

げると、おかしそうにけらけらと笑った。

なんという少女だろう。千枝は息を呑んだ。

たしかに、父親である森鷗外に有楽座に連れて行ってもらったと言っていた。けれども、舞台を見たのはおそらく一度きりだろう。それなのに、そのたった一度舞台を見ただけで、第二場冒頭のヘッダとブラック判事とのやりとりをすっかり覚えている。

脚本は三年ほど前に易風社から出版されているから、台詞だけならそれを読んで覚えることもできたかもしれない。けれども、ヘッダの仕草や表情といった立ち居振る舞いまで再現することができているというのは、並大抵のことではない。さすがは森鷗外の娘といったところだろうか。千枝が感心していると、

「せっかく浦路さんが来てくださったのだから、ヘッダのほうをやってもらえば良かったんじゃないか、茉莉さん」と、建物の奥のほうから声が聞こえてきた。

千枝よりも少し背の低い、口髭を生やした男性が姿を現した。鷗外森林太郎だ。自宅でも軍服を着ているという話は聞いていたが、その姿を目の当たりにすると、千枝のほうでも緊張したように居住まいを正した。

そんな千枝の様子などお構いなしに、

「だって私、ヘッダのほうが好きなんですもの」と、茉莉が、鷗外の言葉に答える。

「そうか、そうか。茉莉さんは上等だからな。たしかに、ヘッダのほうが合っているか

もしれない」

鷗外は目元を綻ばせて、

「浦路さん、悪かったね。娘の相手をしてもらって」と、茉莉の頭を撫でながら言った。

「ご無沙汰しております。千駄木の先生《メエトル》」

千枝が深々とお辞儀をする。鷗外は、

「本当は、有楽座の楽屋に行きたかったのだがね。あの日は、妻の志げと茉莉がいたものだから。申し訳ないことをした」と、頭を下げた。

「とんでもない。こちらこそ、不躾なお手紙をさしあげて、大変失礼いたしました」

千枝は慌てて、鷗外に顔を上げてもらった。

この日の面会は、公演の初日に有楽座の観客席に来ていた鷗外に、近代劇協会の受付で千枝が手紙を渡してもらったことで実現したものだった。鷗外は翌日のうちに千枝宛にハガキを出し、千枝は鷗外の邸に招かれることとなった。

通された客間は、八畳ほどの広さの洋室だった。壁には書や絵画が掲げられ、本が無数に置かれている。それらはきちんと整えられていて、持ち主の生真面目な性格が窺われる。

鷗外は椅子に腰を下ろすと、後ろからついてきていた茉莉を膝に乗せた。十歳くらいの少女というのは、これほど父親に懐くものだっただろうか。過去の自分を振り返って見据えた。

多少の違和感を覚えたものの、千枝は茉莉のことを気にしないことにして、鷗外の目を

「今日は、有楽座にいらして頂いた御礼と、約束していたことをお願いしに参りました」

「約束……？」

「ええ。学習院女学部で、乃木院長の前でして頂いたものです」

「ああ、そうかそうか」

千枝の言葉でようやく思い出したらしく、鷗外は二度三度大きく頷いた。

いつか鷗外が翻訳した戯曲を上演したい。学習院女学部の部屋で、千枝は鷗外に向かってそう言った。

「坪内さんはよろしいのかな？　近代劇協会は文芸協会の分派だと聞いているが」

鷗外が右手を顎に当てながら、千枝に訊ねる。

「もちろん、坪内先生の翻訳されたものも演じていきたいと思っています。ただ、そのばあいはどうしても脚本が出版されたあとに稽古を始めることになってしまいますので」

文芸協会が成功してからというもの、このところ雨後の筍のように次々と新劇の劇団が立ち上げられている。年が明ければ、ほとんど毎日のように、東京府内のどこかで新

劇の公演が打たれるという話だ。そう説明したあとで、

「これでは近代劇協会は埋もれてしまいかねないですし、もしかすると新派のときと同じようになるのではないかと」と、千枝は目を伏せた。

数年前に無数に立ち上がった新派の劇団は、今では大半がつぶれてしまった。流行していたときは客周りも良かったが、貞が危惧していた通り、飽きられるのも早かった。新劇が出てきてからは客席も閑散としたもので、残った者たちは旅で地方をめぐりながら、時代物を適当に改変して演じているのだという。なんでも、落語家の談洲楼燕枝が作った『西海屋騒動』という噺に登場する御所車花五郎という俠客が、すこぶる人気を集めているらしい。

千枝は続けた。

「地方に行くのは、構わないのです。新劇を演じて回ることは、地方の文化を発展させる手助けになるでしょうし、私たちも来年か再来年のうちには、そうしているかもしれません。ただ……」

千枝が言葉に詰まった。鷗外は不思議そうに、

「何か問題でもありますか？」と、左眉をピクリと持ち上げた。

「おそらく、そうして地方を回り始めるだけの資金さえもないのです。北村季晴さんの演芸同志会は公演二回で解散することになりましたが、私たちも同じ運命を辿るのでは

ないかと」

「三日の予定が、二日も延長したのにですか？」

「貞さん——上山草人の、背景や衣装へのこだわりがありますの」

「ああ……」

「最近は、焼き物に凝っているみたいです。最初は、舞台の調度品を自分で作れば安く済むと思っていたみたいなのですが、どうやら売って劇団の資金にしようとしているみたいで。おかげで、店には化粧品のお客様だけでなく、焼き物関係の方まで出入りして、落ち着く場所もありません」

　そこまで言われて、ようやく鷗外も納得したらしかった。

　たしかに、近代劇協会の衣装や背景、舞台上にちりばめられた調度品は、芝居の範疇を超えていた。いかに忠実に、イプセンが描いた北欧の建物を再現するかに、信じられないほどの精力が注がれていた。

　舞台を見たときは、鷗外は近代劇協会の舞台装飾にひどく感心した。けれども演じる側の立場に立って考えてみれば、あれではたしかにいくら切符の収入があっても足りない。

「北村さんのところも、二回目の公演は僕が翻訳したビョルンソンの『手袋』だったはずだがね」

鷗外は困惑したように頭を搔いている。その様子を、膝の上にちょこんと座っている茉莉は不思議そうに眺めてから、

『手袋』も素敵なお芝居だったわ、パッパ」と、破顔している。

その言葉を、千枝が引き取る。

「上山が出ていたので私も拝見しましたが、茉莉さんが言うようにとても良いお芝居でした。けれども、ビョルンソンは去年から今年にかけて三冊ほど翻訳が出たばかりですもの。やはり、日本では知名度の面で難しかったように思います」

「来年、僕が『人力以上』を翻訳して、籾山書店から出すことになっているんだが……やはり難しいですか？」

「お芝居と本とは、客層が違いますもの。お芝居のほうは、本を読むよりは舞台で見たほうが早わかりだという人たちですから」

「なるほど。たしかにそうかもしれない」

千枝の辛辣な言葉に、鷗外は口を大きく開いて笑った。けれどもすぐに腕組みをすると、

「それなら、他の劇団にはない話題性があって、観客が集まる脚本をさしあげないとまずいね」と、ぼそりと言ってじっと考え込んでいる。

「いかがでしょう？」

「何か、見当は付いていますかかな？」

「たとえば、メーテルリンクなどはいかがでしょう。『青い鳥』や『モンナ・ヴァンナ』『タンタジールの死』などでしたら、題名は知っていても中身は知らないという方も多いと思うのです」

その言葉に答えたのは、鷗外ではなく、膝の上に茉莉だった。

「『青い鳥』は、パッパが前に聞かせてくれたお話ね。私、それなら見てみたい！」

「茉莉さんは、ミチルになりたいのかな？」

鷗外の表情が、急に父親の顔になる。そこにはもはや、陸軍の軍医総監としての面影はなかった。その豹変ぶりを、千枝は面白く眺めていた。

「お菓子のお家、私ならぜーんぶ食べられると思うの」

「茉莉さんの体は甘い物でできているからな」

「だって、パッパだってお饅頭のお茶漬けが大好きじゃない」

「ごめんごめん、そうだった」

鷗外が茉莉の頬を両手で包み込むようにして、むにむにと上下に動かした。南鍋町にある凮月堂《ふうげつどう》が売っているマシュマロのように白くて弾力があるらしい。千枝は思わず触って見たい衝動に駆られて、少しだけ腰を浮かせる。すると、

「坪内さんには文芸協会があるだろう？　だから僕もちょうど、自分が翻訳した脚本を

継続して演じてくれる劇団がほしいと思っていたところでね。このあいだの『ヘッダ』を見て、上山草人と山川浦路にならそれを託してもいいと思っていたところだ」と、茉莉に穏やかな目を向けたまま声に出した。

「本当ですの⁉」

千枝が思わず声を張り上げる。思わず緊張の糸が切れて、いつもの口調に戻ってしまっていた。

鷗外は驚いたように目を開くと、

「ああ、そのつもりだ。だから、少しだけ返事を待ってくれませんか」と、ふたたび千枝を見た。

その顔つきにはどこか不敵な笑みが浮かんでいた。

年が明けた。新年のかかしやは、例年にも増して午前中から賑やかだった。

尾竹紅吉の名前で随筆や詩を書き、陶芸や版画でも活躍をしている尾竹一枝。その妹の尾竹福美。そして、つい先日アメリカの詩人ホイットマンについての評論を榊纓という筆名で翻訳した神近市子。

年末あたりから、平塚らいてうと伊藤野枝が中心になって創刊した雑誌『青鞜《せいとう》』に集まった女性たちが、次々にかかしやを訪れるようになっていた。もともとは、貞が陶芸を始めたことで一枝と知り合い、近代劇協会の舞台を見ていたということで、かかしやに連れてきたことがきっかけだった。すると、店に山川浦路がいるということで、一枝の友人たちが一緒についてくるようになった。

『青鞜』に集まった「新しい女」たちにとって、その一人として新聞などで記事になっていたにもかかわらず今まで接点のなかった山川浦路と、女性俳優の養成に尽力している上山草人は、ずっと興味を抱いていた憧れの対象だったらしい。かかしやの二階にある貞の部屋に足繁く集まっては酒を飲み、ときどき気が向いたように紅吉が貞と土を捏ねている。

「浦路となら、私は恋愛をしても構わないと思うのだけれど」

お汁粉の餅を頬張りながら、尾竹一枝は冗談とも本気ともつかない調子で言った。この会話はもう何回目だろうかと思いながら、

「あなたには、明《はる》さんがいるでしょう。浮気なんかしたら、また叱られるわよ」と、千枝は小さく息を吐きながら答える。

一枝は青鞜社の中でも過激な女として知られ、吉原の遊郭に花魁《おいらん》見物に出たり、バーで五色のカクテルを出されたのを大騒ぎしながら飲んで新聞に書き立てられたりと、たびたび世間を騒がせている。

この頃は平塚らいてうこと平塚明との同性愛関係で話題になっており、本人もあっさりとそれを認めている。そうした騒ぎのせいもあって、去年の十月に青鞜社を退社していた。けれども、今でもこうしてメンバーとの関係は続いていて、退社というのはあくまで表向きのものだった。

「明が、米松《よねまつ》でもう男は懲りたっていうんだもの。でも私としては、どうせ女と恋をするなら、別の子も試してみたいじゃない」

米松とは、数年前に明と心中未遂事件を起こした森田草平のことだった。一枝は、部屋の隅にある書架に収められた小説『煤煙』をめざとく見つけて、

「こんなん捨てちゃえ！　まったく、あいつってば明について、あることないこと書きやがって」と、悪態を吐いた。

「お相手がほしいんだったら、そこに福美さんがいるでしょう」

やれやれといった調子で千枝が言うと、

「なるほど、それも面白い！」と、一枝は立ち上がる。

「姉妹なんだから、ちょっとくらいは否定しなさいよ！」

顔を赤らめる福美の反応を見て珍しく千枝が声を荒らげたので、傍らでビールを飲んでいた市子がおかしそうに笑った。そして、

「千枝さんが一枝とくっつくのなら、私は貞君をもらおうかな」と、貞にしなだれかかっ

ている。

するとー枝が、

「いいねいいね。私はどうせなら、今をときめく俳優の山川浦路を籠絡する。それって、最高だと思わない？」と、千枝のほうを向いて目を輝かせている。

「本人に同意を求められても……」

「だって、浦路はぜったいに女に好かれるよ。舞台を見に来るお客さんだって、ずいぶんと女の子が多いでしょう。健全で完全な立派な肉体。凛とした顔立ちのお姉様。私、そういうの大好き。むしろ、浦路と結婚したい！」

抱きついてくる一枝に千枝が困惑しているところへ、ちょうど下の階に、生田弘治夫妻と中村翁《しげる》が訪ねてきたらしかった。

生田弘治は生田長江という筆名で翻訳や評論で活躍しており、雑誌『青鞜』を金銭的にも編集面でも助けている。青鞜社を表向き出ることになった一枝は、今はこの生田長江のところに居候をして寝泊まりをしている。一方の中村翁は夏目漱石の弟子で、中村古峡という筆名で、つい先月まで『東京朝日新聞』で小説『殻』の連載をしていた。精神的な病理を煩った弟の姿を描いた小説で、なかなかの評判になっている。親友の二人はよく一緒に行動をしていて、今日はどうやら一枝のことを迎えに来たらしい。

「千枝さんは今日、お昼から帝国劇場でしょう。僕はちょうど、今日の切符を持っているから、そろそろ一枝さんの暴走を止めに来たほうが良いと思って」

弘治の言葉に、千枝はホッとしたような、どこか名残惜しいような気持ちになった。考えてみれば、同じ世代や年下の女たちから慕われて、こうして交わったことはほとんどなかったのだ。華族女学校の頃には操がいたけれど、華族のお嬢様たちとの折り合いが悪かった。文芸協会では、松井須磨子からライバル視され、他の女研究生たちとも少し距離を置いていた。それが、一枝をはじめ福美や市子には、ずいぶんと懐かれている。

始めのうちは、自分が俳優だからだろうかと思っていた。一枝たちがかかしやに来るようになったきっかけは、たしかにそうだったのだろう。けれども、最近の彼女たちの様子を見ていると、どうもそれだけが理由ではないように思える。

「えーっ、じゃあせめて劇場に出る前にモデルになってよ。……そうだ、裸体画！　私、浦路の裸を描きたい！」

無邪気に甘えたような声を出す一枝をあしらいながら、千枝はこういう毎日も悪くないように思えてきた。

親元で不自由なく暮らしていたときに比べれば、たしかに生活は厳しい。

芝居の切符を売ったお金はほとんどが会場費、大道具や小道具、劇団員たちの給料と、研修のための講師料で消えていく。かかしやの商売は上手くいってはいるが、けっして余裕があるわけではない。

それでも、毎日時間に追われながらも忙しく働いて、演技や踊り、歌の勉強をして舞台に上がり、新しい脚本とその書き手、物語に書かれた世界の時代背景や世界観について学び、そして、こうして大勢に囲まれながら毎日を過ごしている。

華族女学校で学んでいたときも、たしかに勉強そのものは嫌いではなかった。操という親友もいた。

けれども、あのときの自分が退屈の虫を飼っていたのは、毎日の生活に物足りないものがあったのだ。体の内側にあるエネルギーを持て余し、それを発揮することができずにいる。何かそれを発散したい欲望はあるのだけれど、何をしたら良いのかわからない。女であることを理由に世界にはいろいろな制約が課せられていて、何かやりたいと思っても、それが自由にできるわけではない。

もし自分が男だったら——と、千枝は考えた。それなら十代の頃、あのように退屈を感じていることはなかったのだろうか。貞のようにやりたいことをやって、毎日を過ごすことができていたのだろうか。

それも、違う気がする。きっと男の世界にもそれなりに、不自由なところはあるのだろう。ただそうした拘束に、貞が比較的縛られずに生きていただけなのかもしれない。

きっと自分は、たとえ男だったとしても、彼のようにやりたいことに心血を注ぐことはできていなかったように思える。

それにしても、やっぱり女は不自由だ。そうした多くのしがらみや、生きにくさや、世の中で当たり前のこととして通ってしまっていることから解放してくれたのが、貞だった。

だから、千枝は思う。もし自分が新しい女なのだとしたら、それはきっと、体内に蓄えられている熱情を外に解き放つ術を身につけることができた結果として、そう呼ばれているにすぎないのだろう。

一枝や、福美や、市子を見る。彼女たちから良く聞かされている、平塚明のことを思い浮かべる。柴田環のことを思い出す。ついでだから、松井須磨子も仲間に入れてあげよう。

陶芸や絵画に、編集者、批評家、音楽家、そして俳優。新しい女と呼ばれている彼女たちは、誰もが、自分で自分の生き方を見つけ出している。

その中にいる自分も、負けてはいられない。

そして、千枝は思う。

こうして負けてはいられないと思える女性たちが増えていくことが、きっと自分たちの世界を豊かにしてくれる。女として、人間として生まれた人たちが、一人でも多く自分で自分の生き方を選び取ることができるようになることが、私たちを幸福にしてくれる。

それはきっと、女であるとか、男であるとか、そういうものは関係のない世界なのだ。人間として、生きる。与えられた人生をよりよく生きる。

たったそれだけのことといえば、それまでなのかもしれない。けれども、多くの人たちがそうした生き方を目指すときの象徴となることができるのなら、俳優、山川浦路としていることにも、少しくらいは意味があることのように思える。

「そうだ、千枝さん」

膝の上で子どものように甘えている一枝を見下ろしていると、最近の左翼運動について市子と熱心に話していた貞が、声を掛けてきた。

「どうしたの？」

「今日の夜は、また鷗外先生のところに行くことになっていたよね？」

確認をするように、貞が言った。

年末に鷗外を訪ねた翌日、ハガキが届いていた。

年明けに、また自分のところに来てほしい。できれば今度は、上山草人に加えて、近代劇協会で外国語ができる幹事を連れてきてほしい。そう書かれていた。

「伊庭さんと杉村さんも一緒に来てくださるんですって。貞さんもいらしてくださる？」

千枝がそう答えると、貞は頷いた。そして、何か気になることがあるのか、

「新年の挨拶にしては、ずいぶんと大がかりだな……」と、小さな声で呟いていた。

帝国劇場での出番を終えて千駄木の家に向かうと、貞と伊庭、杉村はまだ着いていなかった。

冬の寒さの中だったが、舞台のあとで気分が昂揚していたし、急いできたのでどこか体が火照っているような感覚がある。それで、しばらくのあいだ屋敷の門の前で待つことにした。おそらく鷗外のところへ、年始の挨拶に来たのだろう。軍服を来た男性たちの一団が千枝の傍らを通り過ぎていく。千枝はその様子を、ぼんやりと眺めていた。すると、

「浦路さん、また来てくれたのね！」と、甲高い声が響いてきた。

見ると、銘仙の着物に紫の袴を合わせて着た茉莉が、草履を引っかけて玄関から小走りに駆け出してくる。どうやらこの家に来ると、茉莉に出迎えられるという運命らしい。

「鷗外先生に会いに来たのだけれど、連れがまだ来ていないの」

千枝が答えると、茉莉は、

「だったら私と遊んでちょうだい。今日はパッパがお仕事の人たちと会ってばかりで、つまらないの」と、千枝の手を取った。

茉莉の柔らかい手が、肌に触れる。たしか、十歳と言っていただろうか。

そのときふと、実家の母親のもとに預けている平八と袖子、蕗子のことを思い出した。平八は三歳、袖子は二歳になる。そういえば、このところ忙しさにかまけて、ほとんど会いに行くこともできていない。

母の松は、子どものことは気にしなくても良いから、自分のやりたいことをやってほしいと言ってくれる。けれども、陸軍の軍医総監をしながら小説や翻訳の執筆を当たり前のように続け、しかも良き父親として娘の面倒も見ている鷗外の姿を見ていると、不意に申し訳ないような気持ちになってくる。しかも、自分の腹の中には、また子どもが宿っているのだ。

茉莉は千枝を連れて、屋敷の二階にある部屋に入った。部屋は多くのモノで溢れかえっていて、それらが床一面に散らばっている。片付けがかなり苦手らしい。そのいちばん上に開かれたままの本が乗っていて、フランス語で書かれているらしかった。

「茉莉さん、フランス語が読めるの？」

千枝が驚いて訊ねると、

「英語とフランス語、ドイツ語なら少しくらい。パッパが今年から、お裁縫の学校じゃなくて、フランス語の学校に行かせてくれるんですって。だから、お勉強しておかないと」

当然のように言って、部屋に置かれているピアノのほうに歩を進めた。けれども、その前にも本や箱が置かれているために、椅子を引くことができない。

手伝ってあげないといけないだろうか。そう思って千枝が足を踏み出しかけると、茉莉は不意にぐっと気合いを入れた。そのまま、強引に椅子を引きずり出す。あの華奢な腕のどこに、こんな力が秘められているのだろうかと、千枝は目を瞠った。

「女の子は腕の力が強くないといけないわ。パッパがそう言っていたもの」

茉莉はそう言いながらちょこんと椅子に座ると、ピアノを弾き始める。その演奏に、千枝はまた驚かされた。

グノーの『アヴェマリア』だ。まだ十歳の少女が弾いているとは思えない柔らかい旋律が部屋に響く。

千枝は何度か、帝国劇場のレッスンで柴田環から教えてもらって歌ったことがあった。たしか、クリスマスの定番曲だと言っていただろうか。

茉莉の演奏は雪の日というよりは、からりと晴れた冬の午後。胎内にイエスを抱えたマリアが、日だまりの中で休んでいるようなイメージが浮かぶ。

「浦路さん、この曲はご存じかしら？」

茉莉が途中で演奏を止め、覗き込むようにして千枝を見た。

「ええ。帝国劇場で教えてもらったから。茉莉さん、お上手ね」

「パッパがドイツから楽譜を取り寄せてくださったの。浦路さん、だったら一緒に歌ってくださいな」

「ここで⁉」

「もちろん」

「鷗外先生にはお客様がいらしているし、ご迷惑じゃないかしら」

「平気よ。むしろ、パッパは喜ぶと思うわ」

千枝は躊躇していたが、茉莉が胸を張って言うのでしたがうことにした。

茉莉がふたたびピアノを弾き始める。その音に合わせて歌う。ラテン語の歌詞をイタリア語風の発音で歌うのが、この曲の面白さだという。そしておそらく、聖母マリアへの敬愛を表さなくてはいけないのだろう。

けれども、今、身ごもっている千枝にとっては、むしろ母親としての気持ちが先立つ。もちろん、自分が聖母のような存在だなんていう思いはどこにもない。キリスト教への信仰心はない。むしろ、これまで何人もの子どもを慈しみ育てることもなく実家の母に預けてきたのだ。それでも、胎内の子どもが祝福されているという思いだけは、どこか理解ができる気がした。それはもしかすると、父親からの愛を一身に受けて育っている茉莉を目の当たりにしているうちに、感化されて生じた感情なのかもしれない。

帝国劇場の練習室や舞台とは違って、日本家屋は音が散漫な感じがする。いつもよりも遠くまで届くように声を張った。千枝が放った声の波を受けて部屋の硝子戸がビリビリと振動する。千枝の歌はそこを通り抜けて、外に向かって拡散していく。

貞たちがようやく着いたのは、ちょうど千枝が歌い終えた頃だったらしい。歌に夢中で気が付かず、部屋に呼ばれてから千枝は慌てて鷗外のいる客間へと下りていった。

「柴田さんからオペラを習っているのだったか。さすが、今の日本を代表する俳優ですな。いい声をしている」

目元を綻ばせている鷗外に恐縮しながら、千枝も座に着いた。

鷗外と向かい合うようにして、外套《マント》を脱いだ貞が座っている。その左右に伊庭孝と杉村敏夫がきちんと正座をして座っていた。緊張している二人とは対照的に、鷗外とは初対面の貞はいつもと変わらない様子でいる。すでに挨拶は済ませて、演劇についての議論を交わしていたらしい。

「全員揃いましたし、それでは本題に入りましょうか」

貞はそう言って居住まいを正すと、両手を畳の上に突いて深々と頭を垂れた。

「鷗外先生、どうか私ども近代劇協会に、先生の翻訳された新劇の脚本をご提供頂きたいのです」

「ああ、浦路さんから聞いている。何か希望はおありですかな？」

「メーテルリンク『モンナ・ヴァンナ』ではいかがでしょうか」

『『モンナ・ヴァンナ』か……しかしあれは、山岸荷葉《かよう》さんがすでに翻訳して、川上音二郎一座でやっていただろう」

「それは存じております。しかし、あれはほとんどあらすじでした。鷗外先生の翻訳で、作品の全体をより芸術的に演じたいのです。メーテルリンクは去年、ノーベル文学賞を受賞しましたから。話題性という意味でも十分なのではなかろうかと」

「なるほど。たしかに面白い劇だし、僕も以前に梗概を書いている。ヒロインのヴァンナは、浦路さんにも合っているだろう。だが、メーテルリンクが評価されている象徴主義の傾向からは、少し離れているのではないかな」

「そうでしょうか……」

「ああ。メーテルリンクなら、今回はお断りしよう」

鷗外はそう言いながら千枝に視線を向け、右の眉をピクリと動かした。

貞はがっくりと肩を落とし、伊庭と杉村は小さく息を吐いている。交渉が不調に終わったことで、三人は落ち込んでいるらしい。

「少し、失礼する」

鷗外はニヤリと笑って立ち上がると、そのまま部屋を出て行った。

その姿を見届けてから、

「やはり坪内先生に、シェイクスピアの新しい本をお願いするしかないか……」と、鷗外に聞こえないように意識しているらしく、貞が伊庭に向かって小声で言った。

「でも、それでは文芸協会が先になるでしょう。やはり、僕が急いで翻訳するしかないのではないかと」

「そうだな……」

貞はそれきり黙ってしまった。

伊庭は語学が得意だし、翻訳も悪くはない。けれども、まだ二十四歳の若者だ。同じ芝居でも、森鷗外が翻訳をしたのと伊庭孝が翻訳をしたのとでは、やはりどうしても観客の入りが変わってくる。いつかは伊庭の脚本も演じたいが、近代劇協会はまだ旗揚げ公演を済ませたばかりの劇団だ。できることなら第二回公演では、話題になるような作品を取り上げたい。

きっと貞も自分と同じように、そんなふうに考えているのだろう。千枝はそう考えて、「きっと平気よ。鷗外先生には、お考えがあるに違いないから」と、落ち着いた声で言った。

貞と伊庭、杉村が、交互に目を合わせている。あまりに千枝が自信たっぷりなので、その様子に戸惑っているらしい。

涼しい顔つきで、じっと鷗外が戻ってくるのを待つ。千枝には、一つの確信があった。さっき茉莉が、父親からグノーの楽譜を与えられたと言っていた。ということは……。

ドタドタと廊下から足音が響いてくる。貞たちは何事かといった風に、キョロキョロと周囲を見ている。

千枝にはすぐに、それが茉莉の足音であることがわかっていた。

やがて、茉莉が駆け込んでくる。楽譜を脇の下に抱え、手には厚い紙の束を持っている。そして、

「浦路さん、パッパがこれを渡してほしいって。すごいわ、とっても素敵！」と、その紙の束と楽譜を千枝に差し向けた。

千枝が受け取る。貞たちが覗き込んだ。

それは、活字が印字された紙に、鷗外が肉筆で書き込んでいるものらしかった。崩さずに一文字ずつ几帳面に書かれた文字が見える。校正紙だろうか。

その冒頭を見て、一同はハッと息を呑んだ。

――ファウスト。

題字にはそう記されている。

「ゲーテのファウスト……!?」

貞の声が裏返っている。やがて、鷗外が戻ってきた。

「遅くなって済まない。校正紙が他の本の中に埋もれてしまっていてね。こっちも持って行くといい」

そう言って、分厚い革表紙の本を貞の前に置いた。ゲーテの『ファウスト』のドイツ語版の原本だ。鷗外は続ける。

「このあいだ千枝さんが来て、他の劇団にはない話題性があって、観客が集まる脚本にしようと相談したんだ。去年、文部省の文芸委員会の委員になって、翻訳を頼まれていてね。近代劇協会が、日本で最初にゲーテの『ファウスト』を演じる。これなら話題性は十分だと思うのだが、どうだろうか？」

「ありがとうございます！　ぜひ、お預かりいたします」

貞はとっさに頭を下げた。その声は歓喜に打ち震えていた。そのまま伊庭、杉村と抱擁を交わしている。昂奮が抑えられない。

そんな三人を脇目に、鷗外が千枝に言った。

「茉莉が持っているのが、グノー作曲のオペラ版の楽譜だ。やり方は任せようと思う。良い舞台を見せてくれると期待しているよ」

鷗外の言葉に、千枝は頷いた。

これは『ヘッダ・ガーブレル』のときよりも、大変な仕事になる。だが、近代劇協会を続けていくには、これぐらいの壁を乗り越えなくてはならない。

「かしこまりました。ぜひ、ご期待に沿ってみせます」

千枝は覚悟を決めて、力強く返事をした。

第五章　ファウスト

一月も半ばを過ぎると、本格的な稽古が始まった。

配役は、貞がファウスト、伊庭がメフィストフェレス、そして千枝がマルテと魔女の二役。かかしやはしばらく人に任せ、午前中は新橋にある鶏肉屋、加賀屋の二階を稽古場として借りて、毎日正午まで休憩なしで続ける。

午後になると帝国劇場を訪れ、歌劇部でオペラを指導しているイタリア人のジョヴァンニ・ヴィットーリオ・ローシーが、歌曲指導をしてくれることとなった。この劇は重要な場面にはすべて音楽を付け、詩になっている台詞を曲に合わせて歌い上げる演出をすることになったためだ。その縁で、東京音楽学校で声楽の助教授をしている原田潤がワグネル役、原田潤と仲が良く、かかしやにときどき出入りしている画家の奥村博史が兵士ジーベルの役で出演することになった。

しかし、特に午後の稽古は、少しでも場面を進めるたび、

「Non!」というローシーの声が稽古場に響く。

声の出し方や音程はもちろん、歌に感情がこもっていない、台詞の解釈と声の出し方が合っていない、イメージとずれている。少しでも気になるところがあると、ローシーは歌を止める。そして、たった一小節、二小節のところを、五回や十回はもちろん、ときには数十回、あるいは百回近くも歌い直しをさせる。

そのたびに「Non!」と叫び、日本語で激昂し、ときにはイタリア語でまくしたてる。千枝はふだんから帝国劇場の稽古に通っているので、ローシーの厳しさは知っていた。また、貞も千枝からよく話を聞いていて、芝居とはそうあるべきだとことあるごとに口にしていた。

けれども、たった一言しか台詞のない役者の一音、一拍にさえ妥協を許さないその指導は、近代劇協会の役者たちにとっては衝撃だったようだ。特にファウストは登場人物が多いこともあって、まだ舞台にほとんど上がってこなかった研究生たちは、ついていくだけで精一杯だった。汗を流し、声を嗄らし、特には大声を上げて泣き始めたり、嘔吐したり、倒れたりといった役者たちが続出する中、それでも毎日稽古は続けられた。

中でも、伊庭孝の日々は過酷だった。最初に校正紙を渡されたときに数か所の誤訳を指摘したことで気に入られ、それ以来、鷗外にファウストの稽古の様子を毎日報告しに行くことが日課になった。同時に、進めているドイツ語の翻訳について、相談相手になっているらしい。

メフィストフェレス役でもあるので、伊庭は毎日ふらふらになりながらも、鷗外との橋渡し役と稽古とを続けていた。それでも、伊庭は近代劇協会の設立時から稽古をしているし、『ヘッダ・ガーブレル』の舞台に上がっているから、まだローシーに叱責されることも少なかった。

もっとも大きな問題は、別のところにあった。

「Non!　Non!　Non!」

ローシーがいつもより激しい調子で繰り返し言って肩をすくめる。そのまま、「Perché non porti un'attrice che sappia recitare un po' più decentemente?（もう少しまともな演技ができる女優を連れてこれないのか！）」と、伊庭に向かって早口に言った。

中山歌子はローシーから何度も繰り返し罵倒され、「申し訳ございません……私の力が足りないのです」と、床に座り込んで泣きながら頭を下げている。その様子を、近代劇協会の関係者たちは固唾を飲んで見守っていることしかできなかった。

メフィストフェレスによって若さを手に入れたファウストが恋をする、「ファウスト」第一部のヒロイン、マルガレーテ。もっとも重要な作中人物の一人であるその配役が、どうしても決まらなかった。

当初は、芸妓をしていたこともあって研究生たちの中ではなんとか演技が形になっている、貞の義従姉の一条汐路をあてがう予定だった。脚本の読み合わせの段階では、なんとかなるのではないかという手応えを幹事たちも抱いていた。

しかし、歌曲の練習が始まってみると、事態は一変した。芸妓の声の出し方が染みついてしまっている。そのため、まったく西洋の楽曲に馴染まない。まるでヴァイオリンに合わせて演説歌でも歌っているような節になってしまう。

そのためローシーは貞と伊庭に配役の変更を指示し、千枝の友人の夢野千草が演じることになった。けれども今度は、千草がときどき趣味で口に出している浪曲でも唸っているかのような歌いぶりになってしまった。

中山歌子は、すでに三人目だった。もともと帝国劇場の第一期練習生だし、千枝とともに柴田環が主演をした『カバレリヤ・ルスチカーナ』にも合唱で出演している。帝国劇場でも、美貌の女性俳優として通っている。きっと歌子なら、ローシーも納得するだろう。

そう考えて満を持しての配役だったが、ローシーは認めなかった。中山歌子はいつも歌を情熱的に歌ってしまうので、貞淑な乙女マルガレーテにはなかなか嵌まらなかったのだ。

「Se è Carmen, sono sicuro che non ci sono problemi se la suona Utako.（カルメンならきっと、歌子が演じても問題はないのだ）」

ローシーは自らを落ち着かせるかのように、何度も頭を振りながら、一人呟いている。その様子を、河合磯代が恐怖する様子で遠巻きに見ていた。これでは、彼女にマルガレーテを演じてみるように頼むのも、難しいかもしれない。

柴田環に隣人の女性マルテを演じてもらい、千枝——山川浦路がマルガレーテを演じるという案もあった。けれども、まさか日本を代表する女性オペラ歌手を、脇役に使うわけにもいかない。それに、脚本《ほん》の読み合わせの段階で、どうしても千枝にマルテと魔女のほうが降ってきてしまう。『ヘッダ・ガーブレル』を演じたときと同じように、どこかマルテには、千枝に通じるものがあるのだろうか。

貞はじっと腕組みをしたまま、ローシーと伊庭とのやりとりを見ていた。千枝はその様子を横目に見ながら、どうやってマルガレーテ役を探そうかと、ずっと思案をめぐらせていた。

市電の本郷三丁目駅から、東京大学を左手に眺めながら北に向かう。やがて、寺院がいくつも建ち並ぶ街が見えてきた。この辺りは駒込蓬莱町と呼ばれている。その寺院の中の一つに、江戸時代の老中田沼意次の墓所、勝林寺がある。

ここが本当に青鞜社の編集部なのだろうか。千枝は半信半疑で山門をくぐった。

本堂の正面から入って脇のほうに向かうと障子戸があって、このいちばん奥にある部屋が、今は青鞜社の仮住まいになっているのだという。

千枝が声を掛けようとすると、

「浦路、よく来たね!」と、それよりも先に尾竹一枝が飛び出してきた。いつもは彼女のほうがかかしやを訪ねてくるから、千枝がこうしてやってきたのが嬉しかったらしい。

それにしても……と、千枝は思い直した。一枝——尾竹紅吉は、去年の十月に青鞜社を退社したのではなかっただろうか。どうしてここにいるのだろう。

千枝が抱いていた疑問は、表情に出てしまっていたらしかった。

「私は編集をしているわけじゃなくて、隣の部屋で土を捏ねているだけだから、別に構わないんだよ」

一枝はそう言って、ニヤリと笑った。そういえば、指と指とがくっつかないよう手のひらを開いた彼女の手には、土がまだこびり付いている。

「去年だったら、鷗外先生のお屋敷の斜め向かいだったから、浦路も来やすかったと思うんだけどね」

「そういえば、そうだったわね」

青鞜社の移転は大きな騒ぎになったので、一枝たちにこうして頻繁に会うようになる前から知っていた。荒木郁が書いて『青鞜』に掲載した小説『手紙』が不倫を題材にしていたために発禁となり、最初に事務所として使っていた物集和子《もずめかずこ》の実家を追い出されてしまったのだ。そこで移転先を探していたところ、平塚らいてうの自宅近くにある勝林寺が、部屋を貸してくれたのだという。

「浦路も気が向いたら、記事を書いてくれない？　ほら、今月号は津田梅子を猛烈に批判する特集を組んだし。華族女学校で彼女に教わっていたんでしょ？」

「中学科のときにね」

「だったら、ちょうどいいじゃない。あんな古くさい人とは、戦っていかないと。浦路って、ときどき雑誌に書いている文章、ものすごく上手いじゃない。だから、私たちには貴重な戦力になると思うんだ」

一枝の言葉を、千枝は内心で驚きながら聞いていた。

津田梅子はアメリカに留学し、夫を持たずに教育に身を捧げ、親友のアナ・ハーツホンとともに女性教育のための私塾を作っている。たしかに青鞜社が論じている「新しい女」は、男性に頼らず自立すること、社会の中で女性が職業を得て活躍すること、女性が大学などでより高度な学びを身につけることだけでなく、性にこだわらない自由と家制度への反逆、自我と向き合い自己実現を目指すことまでを目指している。

そういった思想から見れば、女性であることを議論の前提としてその生き方を論じた津田梅子は、古く見えるのだろう。けれども、かつて女性の生き方を切り開いてきた彼女がそう切って捨てられるというのは隔世の感がある。

「そうね、気が向いたら書いてみようかしら」

「いいね、津田梅子女史と山川浦路の十五年越しの再戦。これはきっと売れる！」

「尾竹紅吉って、青鞜社を辞めたんじゃなかったの？」

「編集に意見を言うくらいなら、別に構わないって」

一枝は悪巧みをしている子どもが見せるような笑みを浮かべながら、「奥に入ってなよ。みんな待ってる」と、バタバタと足音を立てて外へ駆け出していった。

「ええ、ありがとう」

一枝の背中を目を細めて見送りながら、大きく息を吸った。彼女はいつも快活でさっぱりしているので、やりとりしていて気持ちが良い。

けれども……と、千枝は思い直した。今日は『青鞜』の編集について話しにきたわけではない。なんとしても、達成しなければいけない目標がある。

廊下を進む。いちばん奥にある部屋の障子の前に立つ。大きく息を吸った。

「失礼いたします。本日、お約束をしておりました、三田千枝……山川浦路と申します」

障子に向かって、声をあげる。

ややあって、中のほうから、

「お待ちしていました。どうぞ、開けて入ってください」と、くぐもった声が聞こえてきた。

障子を開く。部屋の中には、原稿、校正紙、本、雑誌が、所狭しと折り重なっている。今にも崩れそうなのだが、絶妙なバランスを保っているらしい。

そうした紙の山の中に埋もれるようにして、文机が区画ごとに置かれている。一人につき、机一台。女性たちはその上に置いた紙にペンと筆を走らせ、あるいは二人で顔を付き合わせて、ああでもない、こうでもないと唸っている。ちょうど、『青鞜』の編集作業の書き入れ時らしい。

こんなときに訪ねてきて、迷惑だっただろうか。

千枝がそう思いかけたとき、

「いらっしゃい、山川浦路さん。お待ちしてました」と、囁《ささや》くように小さな声が聞こえてきた。見ると、面長の小柄な女性が、部屋のいちばん奥にある文机のところに座っている。はにかむような表情を浮かべ、遠慮がちに頭を下げながら、目だけでこちらを見ている。

写真で見たことがある顔立ちだった。平塚らいてうこと、平塚明だ。

けれども、千枝が想像していた彼女とは、まったく印象が異なっていた。

——元始、女性は太陽であった。真正の人であった。

創刊号で高らかにそう掲げて女性の権利と哲学、文学を論じ、性を超えた自由な恋愛をして心中事件を起こし、男性によって作られた社会に反旗を翻す。雑誌『青鞜』に載せられている文章から、千枝は、きっと平塚らいてうは一枝よりもきびきびとした、気性の激しい女性だろうと思っていた。けれども、

「お初にお目にかかれて、嬉しく存じます。いつも一枝さん姉妹や市子さんが、とってもお世話になっているそうで、ありがとうございます。何もありませんが、お茶を淹れますのでお菓子はいかがですか？」と、明は一つ一つ言葉を選ぶように声を出している。

華族女学校にいた華族のお嬢様方よりも恭しいその態度に、千枝は面食らった。「三田千枝と申します。ご挨拶代わりに、お菓子を頂きますね」と、動揺しながら、明に釣られたように畳の上に膝を突き、深々と頭を下げた。

そのとき、部屋の障子戸が勢いよく開かれ、一枝が入ってくる。

「あっ、もう挨拶、済ませちゃった？　明のこと、紹介してあげようと思ったのに」

千枝は一枝のほうを振り返りながら、

「文章で見る平塚らいてうとずいぶん印象が違うのね」と、つい本音を漏らした。

「びっくりしたでしょ？　明ってば、勘違いされやすいのよ」

一枝は明に近寄ると、まるで猫でも扱うかのように頭を撫でる。この二人は恋愛関係にあったのだ。その様子を見て、千枝はようやくそのことを思い出した。そういえば少

し前に一枝がかかしやに来たとき、最近は明が連れない、もしかしたら好きな人が別にできたのかもしれないと言っていたが、あれはどうなったのだろう。ふと、そんなことが頭をよぎる。

千枝はそんな邪念を振り払って、じゃれ合っている一枝と明の二人を目を細めて眺めた。

これでは、彼女を役者に誘うのは難しいだろうか。

平塚らいてうを近代劇協会に迎え入れ、マルガレーテを演じてもらう。それが、千枝の目論見であり、青鞜社を訪れた目的だった。『青鞜』での文筆活動を見る限り、きっと文学にも通じている。さらにあれだけ激烈な評論を書く女性なら、きっと俳優には向いているのだろう。平塚らいてうが舞台に上がるとなれば、近代劇協会の『ファウスト』はさらに注目を集めるに違いないという目算もあった。

けれども、今、こうして目の前にしている姿を見ると、到底、俳優ができるとは思えない。これならいっそ一枝に頼んでみたほうが、まだ可能性があるかもしれない。あるいは、青鞜社になら他にも、俳優ができそうな女性がいるかもしれない。

「どうかした？　私たちのことをじっと見て」

千枝の視線に気付いたらしい。一枝がきょとんとした顔つきで、千枝を見返す。

「いえ、ちょっとね」

「なあに、相談事なら乗るからさ。ちゃんと話してよ」

「ええ……」

一枝にまっすぐな視線を向けられて、千枝は自身が考えていたことを正直に口に出した。

平塚らいてうに、俳優として舞台に上がってほしいと思っていた。

そのことを伝えたところ、一枝は大きな声を上げて笑った。

「ああ、ごめん。言ってなかったっけ。明はそういうの、無理だと思うよ。会ってみるとわかるでしょ」

その脇で、明は申し訳なさそうに眉根を寄せている。

「ごめんなさい……私、人前に出るのは少々苦手で」

「ビールを飲むことなら得意なんだけどね。お酒を飲むと、けっこう人格が変わるから、そのときなら舞台に上がれるかも？」

明の言葉に、一枝が茶々を入れた。明は困惑したように頬を引き攣らせながら、

「そういうのは、一枝さんのほうが合っていると思う」

「そうねえ……私も焼き物で、それなりに忙しいから」

「誰か他にやれそうな人がいるといいのだけれど」

明はそう言って、周りを見渡した。青鞜社の女性たちが、熱心に作業を進めている。

すると一枝が、

「そうだ、俊子さんはどう？」と、顔を上げた。

「あの方は、原稿で忙しくてここに顔を出すこともできないから。ちょっと難しいんじゃないかかな」

頰に手を押し当てて唸っている明に、千枝は、

「俊子さん？」と、訊ねる。すると、

「田村俊子だよ。『あきらめ』は読んだ？」と、一枝が明の代わりに答えた。

その名前を聞いて、千枝はようやく理解した。

田村俊子。『あきらめ』は、一昨年『大阪朝日新聞』の懸賞小説で一等を取り、評判になった小説だ。もともと作家の幸田露伴の弟子だった俊子だが、少し前まで花房露子の名で俳優もしていた。けれども、人気作家となってしまったことで、この頃は『中央公論』や『新潮』といった大きな雑誌から、次々に依頼が舞い込んでいる。『青鞜』のメンバーには連なっているものの、なかなか原稿を寄せることが難しいほどの慌ただしさなのだという。

「岡田八千代さんにように、お芝居が好きでよく見ている人はいるのだけれど。うちのばあいは俳優として演じたい人よりは、お芝居や小説を書きたい人のほうが多いから。もしかしたらそういうことに興味がある人がいるかもしれないから声は掛けてみて、誰

かいたら連絡するけれど……たぶん、難しいと思うな」

明は心苦しそうな様子で言って、頻りに頭を下げている。そんな明の態度を見て、千枝のほうがなんだか申し訳なくなってきた。

また俳優探しをしなければいけないだろうか。

千枝は勝林寺の境内を出ると、一人、深いため息を吐いた。

『ファウスト』はまだ、近代劇協会には難しすぎる。今回はやめておいて、別の芝居に変えたらどうか。

ちょうど千枝が青鞜社を訊ねた翌日から、ローシーが帝国劇場で稽古をするたびに、そう口にするようになった。このまま指導をしていても、マルガレーテ役が見つかるとは思えない。帝国劇場の仕事もあるから、こうした演じる見込みもない稽古に長々と付き合っているわけにもいかない。

一方で千枝や貞たちのほうでも、『ファウスト』をそう易々と手放すことはできなかった。

森鷗外に期待されて、脚本を預けてもらっている。もちろん、それもある。けれどもそれ以上に、第一回公演の『ヘッダ・ガーブレル』で結局ほとんど利益が出なかった近代劇協会としては、よほど観客の入りが見込める興行を打たなければ、本当に次の公演で劇団そのものがなくなってしまう。せっかく立ち上げたのに、また演じる場を失ってしまう。

もちろん、歌劇として演じることをやめて、ふつうの芝居として舞台にかけるという手もあるのだろう。けれども、歌劇にするということは、貞と伊庭が何度も鷗外とやりとりをして決めたことだ。今さらそれをやめるというのは、『ファウスト』を演じることを断念することに他ならない。

けれども、ローシーがしびれを切らしたのはその数日後だった。

「Aspetta solo un'altra settimana. Se non riesco a trovare un ruolo per Margarete, rifiuterò la lezione di Faust.（あと一週間だけ待ちます。もしそれで、マルガレーテの役が見つからないようなら、私は『ファウスト』のレッスンを断ろうと思います）」

近代劇協会は、窮地に追い込まれた。

千枝と貞をはじめとした近代劇協会の幹事たちは、稽古の合間を縫ってふたたび俳優探しを始めた。期限は一週間。そのあいだにマルガレーテの役を任せられそうな女性を探し出さなければいけない。

けれども、選択肢は限られている。声楽や芝居の経験があるか、文学についての素養があって脚本を読んでしっかりと解釈できるか、あるいはマルガレーテの役に嵌まっているか。

少なくともその三つのうちの一つ、できれば二つ以上を満たしていなければ、マルガレーテの役をあてがうことは難しい。しかもその上で、ローシーの目に適って認められる必要がある。

選択肢は限られているから、以前の俳優探しのように、やみくもに女学校や芸妓の置屋を訪ねるわけにもいかない。

帝国劇場の練習生は、中山歌子、河合磯代がすでに却下されている。だから、練習生を狙うよりは、すでにある程度、舞台に上がっている女性がいいだろうか。けれども考えてみれば、もともと千枝が帝国劇場の俳優を兼ねるようになったのは、所属している女性たちに文学の素養がなく、あまり熱心に稽古をしようとしないということが発端だった。近代劇協会で講義を受けている二人でだめだったということは、そう簡単に他の女性が見つかるとは思えない。

そうなると可能性としてあり得るのは、近代劇協会以外の劇団に所属している俳優か、あるいは柴田環の弟子、音楽学校の生徒たち。千枝は、今からでも貞に川上貞奴に頭を下げてもらい、彼女が運営する帝国女優養成所の所員に声を掛けさせてもらうことを提案しようかとも思った。とはいえ、かつての新派の俳優が、新劇の芝居にそうそう易々と馴染むことができるようにも思えない。

最後に浮かんだのは、小林正子——松井須磨子だった。

近代劇協会で、松井須磨子と山川浦路の共演をふたたび実現する。話題性を考えても、もっとも有力な選択肢の一つだ。しかも、須磨子は去年の十一月に文芸協会の第四回公演で演じられたバーナード・ショー『二十世紀』でグラントン夫人役をやって以来、文芸協会との関係が上手くいっていないと聞いている。どうやら、妻子のいる島村抱月とのあいだで不倫関係になってしまったことで、文芸協会の中で苦しい立場に追い込まれているらしい。

そうはいっても、二月にある第五回公演、マイヤー・フェルスター『思ひ出』では、ケティ役を演じるらしいという話が漏れ聞こえている。その直前に他の劇団に来てほしいというのは、さすがに無茶が過ぎるように思える。

二日が過ぎ、三日が経った。俳優の候補にしていた女性たちに断られる。ローシーの審査を受けるところまですらたどり着かない。

四日目にようやく、東京音楽学校の生徒の一人が興味を示した。けれども、声質が低音《アルト》で、マルガレーテの役には嵌まりそうにもなかった。

あと三日。さすがにそろそろ難しいだろうか。千枝はさすがに、半ば諦め始めていた。

五日目になった。

その日はどうしても化粧品を納める必要があり、千枝は午前中の稽古を休んで得意先に向かうことになった。帝国劇場での稽古に向かう前に、いったんかかしやに戻る。ちょうど午砲が鳴る少し前の時間だった。

店に入ろうとすると、店番を頼んでいる店員たちが慌ただしく働いている奥のほうで、貞が魂が抜けでもしたかのようにぼんやりしていた。

マルガレーテ役の俳優が見つからないことで茫然自失となったのだろうか。

千枝は眉を顰めながら店に入り、

「戻りました。どうされたの？」と、いつもと変わらない調子で声を掛けた。

すると、貞はようやく千枝が帰ってきたことに気付いた様子で目を大きく見開くと、急にひどく悲しそうに眉を寄せて頭を垂れた。

「すまない、浮気をした」

「はあ……？　貞さん、何を言って……」

「千枝さん以外の女と肉体関係を持ったのだ」

浮気というのは、少しくらい隠そうとするものなのではないだろうか。こうしてあまりに堂々と言われてしまうと、どう対応したら良いかわからなくなる。

千枝は困惑していた。

友人や劇団員に連れられて、貞が何度か吉原に行ったことがあるというのは知っている。そうは言っても、かつて新派の関係者が吉原に入り浸り、愛人のために散財していたのに比べれば可愛いものだ。

それに、『青鞜』の人々と一緒に吉原に乗り込んだことがある一枝によれば、遊女たちがもてなしてくれて、たいそう楽しませてもらったらしい。西洋の小説や脚本には、娼婦が出てくる作品も少なくない。自分もいつかそうした役をやることがあるかもしれないと思うと、一度くらいは遊女に相手をしてもらったほうが芸の肥やしになる気もする。

予想していたよりも冷静な自分の態度に、千枝は内心で驚いていた。もしかすると、かつて操に入れ込んでいたときの様子や、操との関係が崩れて自分と一緒になったときの貞を知っているために、いつかはきっとこういうことがあるだろうと予期していたのかもしれない。あるいは、こうした考えを持つくらいに、自分自身が役者の世界に染まってきたのだろうか。千枝はそんなことを考えて、

「吉原か新橋にでも行かれたのなら、まあそういうこともあるわよ。でも、病気だけは持ってこないように、気をつけてくださいな」と、淡々と返事をした。

するとと、貞はどういうわけかひどくがっかりした様子で、

「いや、玄人じゃない。素人のほうだ」と、言う。

「市子さんに口説かれでもした？」

「市子さんからは恋文をもらったが、断った」

くあったのだ。

福美は自分に会うために来ているが、市子にはそれ以外の理由がある雰囲気がなんとな

千枝は苦笑した。たしかに神近市子は、貞のことを気にしている様子だった。一枝や

「私も、女の勘くらいは持っているのよ」

「よくわかったな」

「あら、そうだったの」

けれども、市子ではないとなると、千枝のほうでも見当が付かない。近代劇協会の研究生のうちの誰かだろうか。あるいは……。

そこまで考えたところで、店の入口近くにある眉墨を並べてある区画に、見知った顔があることに気が付いた。どうやら、こちらに声を掛けようとして躊躇しているらしい。

「あら、いらっしゃい。どうぞ、お入りくださいな」

千枝が大きな声をあげると、牛円貞子――かつて南鍋町のカフェーパウリスタで同席をした、スペイン大使館一等書記官の娘が、肩を窄めながら入ってきた。

彼女は一週間ほど前にかかしやにやってきて、白粉を注文して帰っていった。それは三日前くらいに受け取りに来ていたはずだ。別の商品の注文だろうか。それなら、遠慮せずに入れば良いのに。

そう思ったところで、ハッと気が付いた。

……彼女が、貞の浮気相手だ。

怒りや、悲しみはなかった。むしろ、不意に千枝の心には、あの退屈の虫が甦ってきた。

退屈を憂えて出てきたのではない。退屈を紛らわせてくれる格好の餌を目の当たりにして、喜び勇んで現れた。

「良かったら、二階に上がりなさいな。お話を聞かせてほしいわ」

にこやかに笑う千枝の意図を図りかねたのだろうか。貞子は貞と顔を見合わせると、おそるおそる千枝にしたがって二階へと上がった。

——私を救ってください！

貞子は貞に向かって、そう縋《すが》り付いたそうだ。

貞子が白粉を取りに来た日、千枝は帝国劇場での稽古のために出かけていた。そのためかかしやには、貞と貞子だけが残されることになった。

「決めました！　あなたはきっと女優になる。間違いありません」

貞は確信に満ちた目をまっすぐ貞子に向けて、そう言ったのだという。

丸顔だが鼻筋が通っていて、頰と口元には愛嬌がある。俳優になるとしたら、女性よりも男性のほうに人気が出そうな顔立ちに見える。女性に人気が高い山川浦路とは対照的だ。何より、一重瞼の切れ長の目が良い。

「僕の目に狂いはないです。孔雀のように優雅だから、芸名は衣川孔雀《きぬがわくじゃく》というのはどうだい？　うん、それがいい。決まりだ。どうです、まずは稽古を一緒に受けて……」

そこまで貞が言ったところで、貞子――孔雀は首を横に振った。そして、

「今は父の状態が良くないので、私がタイプライターを打って稼がないといけません」

と、目を伏せた。

父である牛円競一は、巣鴨にある病院に精神の治療をするために入院しているらしい。毎日のように仕事に追われ、家に帰ることもままならない。たまに帰ることができても、ほとんど何もしないまま床に伏せてしまう。そんな毎日を過ごすうち、躁鬱《そううつ》症と呼ばれる症状になっていた。

この頃は知識人のあいだで、神経衰弱ということがよく言われる。けれども孔雀の父のばあいはそんな生やさしいものではない。周期性があり、重篤になりやすい。

病院の医師によれば、精神の病は遺伝性だという。自分にもきっとそうした気質があり、症状が出ればきっと世間からは白い目で見られるだろう。だから、俳優のような人々の脚光を浴びる仕事などに就くべきではない。

孔雀は貞に向かって、滔々と説明をした。かかしやで他の者に聞かれることを彼女が

嫌がるので、話が終わる頃には、二人は品川を過ぎて蒲田にまでたどり着いていた。

すると貞は、

「なんだ、そんなことか」と、平然とした様子でいる。

「そんなことって……」

自分にとっては、生活のあらゆる部分に影響を及ぼす難題なのだ。孔雀がそう言おうとしたところで、貞のほうが、

「僕の母もそうなんです。奇遇ですな。一緒じゃないですか」と、あっけらかんと言い放った。

子ども時代に貞が目の当たりにしてきた、記憶と想像とが混濁した母の不可思議な言動。日常生活を送ることにさえ困難を来たし、母が入院し、子どもである自分と引き離されるまで。

貞の話を、孔雀はじっと貞の目を見つめたまま聞いていた。病状よりも辛いのは、周囲からの冷ややかな視線だ。ある者は腫れ物に触るように患者を扱い、ある者は侮蔑の言葉を投げつけ、ある者は集落から家ごと出て行くように圧力を掛けてくる。自分たちはただふつうに生活をしていたいだけなのに、そうしたわずかな望みさえもままならない。

子ども時代の困難を語る貞は、孔雀にとって、自分がこれまで父のことで苦しんでき

たことを共有できる数少ない人間の一人に見えたらしい。意気投合した二人は、羽田穴守稲荷のそばにある温泉宿の泉館に入ると、そのまま肉体関係を持ったのだという。

その日はそれきりで、二人は別れた。貞は孔雀に、文学や和歌、芝居、絵など、役者になるために必要だと思ったものは何でも触れるように言い伝えた。

孔雀が貞に縋り付くことになったのは、それから二日後のことだった。

その日も千枝は、かかしやの商品を百貨店に納めて周り、そのまま直接『ファウスト』の稽古に向かうことになった。そこに、ふたたびかかしやを訪ねてきた孔雀が貞に言った。

「このあいだは、取り乱してしまって失礼しました」

頭を下げて孔雀は謝る。彼女の父親のことだろうと思った貞は、

「なあに、気にすることはない。僕も、昔は母のことを気にして、塞ぎ込むこともあったのです」と、気にしない様子で応じた。

けれども孔雀は、

「いえ、そうじゃないんです」と、言う。

「ん、どういうことです？」

すると孔雀は、貞の耳元に口を近づけて囁いた。

「あなたが十人目の殿方でしたが、今までのどなたよりも大きかったの。それで、つい

我を失ってしまって」

「十人⁉」

貞の声は、思わず裏返ってしまっていた。

孔雀は、少しでも好意を持った相手とは肉体関係を持ちたい欲望が湧き上がってきてしまい、どうしてもそれが抑えられないのだという。何人もの男性と関係を持ち、時には約束があるのを忘れて自らを慰め、それを放り出してしまうこともある。そんなだから、日常的に肉体関係を持っている相手は、貞の他にも二人いる。

その話を聞いて、貞は苛立ちを隠さなかった。暴れたり、大声をあげたりすることはなんとか堪えたが、

「別れよう。あなたに本気になってしまったら、僕はきっと、自分が独占欲でどうなってしまうかわからない」と、絞り出すように言った。

「そんな、私を女優にすると仰ったじゃありませんか！」

「僕のところでなくても、坪内逍遙先生のところだってあります。川上貞奴のところでもいい」

すると、孔雀は貞に縋り付いて言った。

「私を救ってください。どうか……どうかお願いします！」

孔雀は言った。きっと女優になる。貞がそう言ってくれたのが、何よりも嬉しかった

のだという。

今まで父のことで苦労してきて、けっして高い金額にもならないタイプライターの仕事で毎日をすり減らした。そこから抜け出せる希望を、ようやく持つことができた。それが、貞の一言だった。

「貞さんに一度抱かれたら、もう他の男では満足できません。どうか、私を俳優にしてください。それを受け入れてくださるなら、きっと私は他の殿方たちとは別れます。お願いです。どうか、どうか私を捨てないでください」

かかしやの店先で泣きながら言われて、貞もほとほと困り果てた。そして、妻の千枝に相談してみたいから、彼女がいるときにもう一度来るよう、孔雀に頼んだのだった。


「……それで孔雀さんが、私に相談しにきたのね」

貞と孔雀の説明を聞いて、千枝はため息を吐いた。

妻である自分以外の女性に、貞が恋をする。

感情の振れ幅が大きい貞のことだから、たしかにこういうことがあるのだろう。貞が殊に女性関係において人屑であることは、関係を持つようになった当初からなんとなく察していた。

自分と貞は、パートナー。一心同体ではなく、運命共同体。そう伝えた直後に自分の他に恋人ができたときはきちんと言うように伝えてある。こそこそとやられるよりは、堂々としてもらったほうが良い。

文芸協会の退会騒動のとき、貞は妻に夜這いを仕掛けた林和に怒り狂ったが、あれは自分を愛していたからというよりは、独占欲を損なわれたからということが大きかったのだろう。もしかすると、浮気もこれが初めてではなく、今までに自分以外の女性と関係を持ったことは一度や二度ではないのかもしれない。

けれども今回は、それとは事情が違っている。貞はこうして、浮気相手の本人をここへ連れてきた。それだけ本気だということなのかもしれない。

貞に目を戻した。今の彼の様子に、どこか見覚えがあるような気がした。それが、華族女学校にいたとき、貞が犬養操と話していたときと同じだということに気が付くまで、それほど時間はかからなかった。

一目惚れだ。貞は一瞬で、孔雀に惚れ込んだのだろう。

千枝はまじまじと、孔雀を見た。

たしかに貞が言うように、もし役者にするなら女性客よりは男性客に人気が出るような気がする。経験した男の人数が十人と言っていたそうなのでマルガレーテのように男性経験のない娘ではないが、孔雀のような風体の女性を見ると、生娘だと騙される男も多いだろう。実際に貞がそうだったらしいし、新劇の観客の中で、女性を抱いたこともないような鬱々とした文学青年ならなおさらだ。

そういえば、カフェーパウリスタでタイプライターを初めて教わったとき、彼女は実践女学校を卒業したあと、父の勤め先であるスペイン大使館の館員にスペイン語とタイプライターを習いに通っている。語学のレッスンではスペインの文学を読んでいて、タマヨ・イ・バウスやハシント・ベナベンテの脚本を原文で読まされたこともあるらしい。

「ちょっと伺いたいのだけれど」と、千枝は顔を上げて孔雀を見た。

「何でしょうか?」

「孔雀さん……貞子さんとお呼びしたほうが良いかしら。あなた、歌やお芝居はやったことあって?」

「歌ですか?」

「オペラでなくても良いのだけれど、西洋音楽で何かないかしら」

「そうですね……」孔雀は少し考えてから、「ないと言えばないですし、あると言えばありますすね」と、曖昧な返事をした。

「どういうこと?」

千枝が孔雀を覗き込む。すると孔雀は恥ずかしそうに下を向いて答える。

「そういうのはやっていないんです。ただ、大使館の方たちがフラメンコをよくやっているので、一緒に歌ったり踊ったりしているくらいで」

「えっ？」

「あとは、スペイン語を教えてもらうときに、スペイン演劇の脚本の台詞を覚えると雰囲気がわかるといって、よく読まされているくらいでしょうか。だから、本格的に勉強しているわけでは……」

「どれくらい歌っているの？」

千枝が前のめりになった。その勢いに気圧されたらしく、孔雀は目をぱちくりと瞬かせながら後ろのほうに重心を移した。

「いきなりカンタオール、歌い手をやらされたりするんです。スペインにあるカフェ・カンタンテ……常設でフラメンコの興行をしているカフェでは、生きる喜びや楽しさを歌ったアレグリアスという曲種が流行っているそうで。どうしてもそっちが多くなってしまうんですが」

「ちょっと歌ってくださらない？」

「ここでですか!?　楽器も手拍子もないと……」

「手拍子なら、教えてくれればできるから」

畳み掛けるように言われて、孔雀のほうでも断り切れなくなったらしい。諦めたように説明を始めた。

アレグリアスは八音節の四行詩からできている。詩の一行を十二拍子で歌うのが基本なのでそれをひとまとまりとして一定のリズムで拍手をすれば良いが、一・二・三、一・二・三、一・二、一・二、一・二のイメージで叩いてもらえるとやりやすい。そして、四行の詩を決まった順序で、七つのまとまりにして歌うのが通常の歌い方になる。

「他の西洋音楽とはずいぶん違うのね」

千枝は不思議そうに孔雀の説明を聞いていたが、ひとまず歌ってもらうことにした。言われた通りのリズムで手を叩く。途中から孔雀が歌に入ってくる。その豹変ぶりに、千枝は度肝を抜かれた。

今まで遠慮がちに話していたのが信じられないような、明るく、明快な、良く通る声。ラテン系の言語に独特の舌を巻くような発音も綺麗にできている。

オペラのような古典音楽とは、声の出し方がずいぶんと違っているらしい。喉を開くというよりはやや潰して歌う、どちらかというと日本の浪曲や演歌に近い出し方のようだ。

けれども、その分だけ早口に聞き慣れない言葉で発せられる歌詞でも聞きやすく、スペインのどこかの土地の地名を歌っていることがわかる。そこがいかに素晴らしい場所であるのかを、喜びとともに歌っている。そして何より、孔雀が歌を歌うことそのものを楽しんでいることが伝わってくる。

それは、千枝がこのところすっかり忘れていた感情だった。

文芸協会の研究生になり、演劇について学び始めた当初は、何よりも目の前にある一つ一つのことが面白かった。声の出し方、体の使い方、台詞の解釈、相手になる役者の演技を見て、聞いて、それに合わせて自分の演技を形作っていく感覚。

千枝が芝居を始めたのは、たしかに貞の活動を助けるためだったし、自分自身の中に巣喰っていた退屈の虫を慰めるためだったのかもしれない。けれどもそれ以上に、舞台に立つこと、人前に立って演技をすることそのものへの喜びを感じるようになっていた。

それがこの頃は、できていない。

女性の俳優探しや他の劇団員たちの世話、劇団の金銭的な諸問題、そしてそれと両立しているかかしやの経営。次々に自身の身に降りかかってくる日常に追われているうち、いつの間にか、演技をし、舞台に立つことが、ごく当たり前の日常の一つになってしまっていた。舞台に立つことに喜びや楽しみを見いだすというよりは、生活するため、劇団を維持するために、自身が広告や看板のように舞台の上にあがり、決められた動作と言葉を繰り返しているような感覚。

そうした日々を過ごすうちに忘れていた、人前で演じることの面白さ、快楽を、孔雀の歌は思い出させてくれる。

歌が終わった。孔雀は頬を上気させ、肩を上下させて深く呼吸をした。そんな彼女に、まるで『ファウスト』の魔女のような妖艶な表情を浮かべて微笑んだ。

「お父様が入院しているあいだお金を稼がないといけないなら、明日からうちに来ると良いわ。いつでもお芝居の稽古もできるし、ちょうどいいじゃない」

「でも……」

孔雀は遠慮がちに、上目遣いで千枝を見ている。すると千枝は、

「貞さんに抱かれる欲望が抑えられないなら、三人で一緒に寝ましょう。私も一枝さんから、いろいろ教えてもらっておこうかしら」と言って、手を差し伸べた。

孔雀はおそるおそる自分の手を伸ばし、千枝の手を握り返した。あまり家事をしたこともないのだろう。その手は柔らかく、少し汗ばんでいた、

衣川孔雀の入会は、近代劇協会にとって大きな転機になった。

貞が見込んで役者に誘っただけのことはあるのだろう。タイプとしては明らかに松井須磨子よりも山川浦路に近い役者だった。役を演じようとすると、牛円貞子とは別の人格が憑依する。

けれども、孔雀が千枝と違っていたのは、演じているときの役の作り方だった。

千枝は役になりきったとき、あくまでその人物に徹しようとする。自身の感情に押し

流されるのではなく、物語の中で生じたであろう人物の内心を忠実に演じ、それ以外の雑念が入り込む余地がないように演じる。

けれども孔雀が演じる役は、自由奔放に振る舞う。役になりきった自分が喜ぶとそれを見ている者たちの心が弾み、自分が悲しんでいると周囲の者たちが涙する。見ている者と演じる者とが感情を共有することで、場そのものを支配していく。孔雀自身が言うには、役を演じているときはまるで、見ている人たちと演じている自分とが、一心同体になったような気持ちになるのだという。

貞は伊庭とともに数日おきに鷗外のもとを訪れて、稽古の様子を報告することが通例になっていた。その中でふと、孔雀のこうした振る舞いについて話したところ、

――おそらくスペインのフラメンコで身につけた感情の表現なのだろうが、それはもしかすると、松井須磨子や山川浦路を上回る天性の役者かもしれませんな。

そう言って、舌を巻いたのだという。

たしかに孔雀は大使館でフラメンコのカンタオールをやらされていただけでなく、スペイン語を習うときに小説や戯曲を読み、大使館員たちが館内でときおり演じていた芝居にも出演させられていたらしい。そのため脚本の理解が早く、『ファウスト』の読み合わせにマルガレーテ役で混ざったとたん、本格的に稽古したことはほとんどないはずなのに、近代劇協会の研究生たちよりもしっかりと読めていた。

そして孔雀の歌は、ローシーもすぐに気に入った。

たしかにオペラの発声ができているわけではない。しかし、たとえばフランスで上演されているメロドラマの芝居に歌を入れるときの歌い方はオペラよりもむしろ孔雀のやり方のほうに近く、今回の『ファウスト』をそうしたメロドラマ風に脚色するのであれば問題ないだろうという。

あとは、舞台に上がるときの体の使い方を覚えれば、すぐにでも役者として舞台に上がれるかもしれない。貞や千枝だけではなく、伊庭や杉村といった近代劇協会の幹事たちも、そう口を揃えていた。

ちょうど時を同じくして、近代劇協会には新しい協力者も現れ始めた。

帝国劇場の文芸部にある食堂で給仕をしながら絵画を学び、去年の九月に新劇の劇団「とりで社」を立ち上げていた村田実が、『ファウスト』の背景と小道具を引き受けたいと申し出た。とりで社には画家として将来を嘱望されている木村荘八や、新聞記者である岸田吟香の息子で、一昨年の美術展に出展して以来日本でいちばんの若手画家として注目を集めている岸田劉生など特に美術には錚々たるメンバーがいる。鷗外が翻訳した『ファウスト』は、演劇としては二十四場にも及ぶ長大な作品になる。それを伊庭がなんとか五幕十五場に書き直したが、それでも日本の新劇ではこれまで演じられたことのない前代未聞の長さになり、少なくとも五つの舞台背景を必要としている。それを、とりで社の関係者たちが総出で作ってくれることになった。帝国劇場開場以来の、壮麗な大道具となる。

しかしそうした舞台背景を作るためには、お金がいくらあっても足りない。第一回公演の『ヘッダ・ガーブレル』で得た利益は、もうほとんど残っていない。

それで貞たちは、二月に入ると、二か月近くも前から『ファウスト』の入場切符の販売を始めることにした。

ここで、貞は一計を案じた。尾竹一枝と福美の姉妹や神近市子、伊藤野枝、田村俊子、そして平塚明といった青鞜社の新しい女たちや、千枝、孔雀をはじめ近代劇協会の女性の俳優たちを引き連れて、毎日のように長い外套を靡《なび》かせ、銀座のカフェへと繰り出した。さらに雑誌『青鞜』にも『ファウスト』の広告を載せ、これが『青鞜』を読む新しい女たちに向けた舞台であることを公言した。

すると、上山草人と山川浦路、そして新しい女たちを見たさに、女性客たちが次々にそのカフェへと集まってくる。そこで、『ファウスト』の入場切符を売り捌く。

そのおかげで、切符は飛ぶように売れた。今までの新劇の観客が男性中心だったのに対し、この芝居では女性客が圧倒的に多くなった。そして、二月の半ばにはすでに三日分では足りなくなり、五日間の興行を打つことが決まった。

特等切符二円、一等切符が一円五十銭、二等切符一円、三等七十銭、四等が二十五銭。

さらに、特等や一等といった良い席の切符にはプレミアがついて、すでに売られたものが倍以上の高値で取引されているらしい。帝国劇場に限らず、日本での演劇の公演でこうした事態が生じたのは初めてのことだった。

『ファウスト』の公演に向けた準備はこうして着々と進んでいった。

一九一三(大正二)年三月二十七日。

この日は、朝から雨が降り続いていた。雨足はだんだんと強くなり、雨が屋根を叩く音で会話が聞こえないこともあった。

けれども幸いなことに、昼過ぎにはだんだんと降りが弱くなってきた。十七時開演の一時間ほど前になると、有楽座の周囲の地面には大きな水たまりができていたものの、空から落ちてくる雨粒はほとんど気にならないほどになった。

初日の座席は、前売切符だけですでに完売している。雨で客足が伸びないことも予想されたが、席は順調に埋まっていった。入場切符にこれまでに例のないプレミアがついたこともあって、いつもの有楽座の観客席よりも、どこか空気が浮き足立っている。

千枝はその様子を一度舞台袖から覗いてから、楽屋に戻った。楽屋には青鞜社のメンバーたちがいて、まるでかかしやのような雰囲気だった。いつもと違っているのは、招待券を送ってあった平塚明の姿があったことだ。彼女は、ジーベル役をやることになっている奥村博史と話し込んでいる。

　そのときの明の様子に、千枝は独特の色を嗅ぎ取っていた。このあいだ青鞜社で会ったときとは、明らかに雰囲気が違っている。好意を寄せている相手を目の前にしたときに女性がときおり発する、少しだけ高い声。一枝が、この頃は明が連れないと言っていたが、もしかすると明と奥村のあいだで何かあったのかもしれない。

　そんな明と奥村たちから目を逸らして、千枝は一枝や福美、市子たちの輪の中に加わった。そこには孔雀も混ざっていた。彼女はかかしやに通ってくる新しい女たちとは以前から打ち解けていたとはいえ、初めて上がる舞台の初日であるにもかかわらずいつもとまったく様子が変わらない。そのことを訊ねると、

「どちらかというと、楽しみのほうが大きいので。それに、千枝さんと貞さんも一緒だから安心です」と、臆面もなく答えた。

　もしかすると貞と自分は、とんでもない怪物を拾ってしまったのではないだろうか。千枝が孔雀の肝の据わり具合に空恐ろしさを感じていると、楽屋の入口のほうがバタバタと騒がしくなった。やがて、

「浦路さん、今日の衣装を見せてくださいな！」と、茉莉が駆け込んでくる。その後ろから鷗外が入ってきて、

「こんばんは。すまないね……芝居が終わってから挨拶に来ようと言ったのだが、茉莉がどうしても楽屋に行きたいと聞かなくて」と、申し訳なさそうに帽子を脱いでいる。

「とんでもない。お茶を淹れますから、ごゆっくりなさっていってくださいな」

千枝は慌てて腰を浮かせた。

「いや、お構いなく。舞台に上がる前の役者には、神経質になっている者も多いと思うからな」

「そうですか……恐れ入ります」

鷗外の言葉を、千枝はありがたく受け取った。ベルリンにいた頃には劇場に出入りをしていたというだけあって、さすがにこういったところはよく心得ている。

こうして招待客や記者たちがひっきりなしに出入りをするために、楽屋はなかなか落ち着かなかった。千枝は来客の相手をしながら、ときどき楽屋を見渡している。何度もそうしているうちに、一枝がその様子に気付いたらしい。

「千枝、どうかした？　なんだったら、いったん私が役者以外の人たちを追い出そうか？　そろそろ役に集中したい頃合いだろうし」

「いえ、それは構わないのだけれど」

千枝は言葉を濁らせる。そのまま、ふたたびチラチラと周囲を見た。

貞がいないのだ。

開演までは、もう三十分ほどに迫っている。

舞台を放り出して、どこかへ行くような人間ではない。芝居に対しては誰よりも真剣で、熱心で、妥協しない。いつもであれば、今頃は鏡に向かって化粧をたしかめている時間だ。そんな貞が、楽屋にいない。

何かあったのだろうか。

そう考えると、だんだんと胸騒ぎがしてくる。きっとすぐに戻ってくるだろうとは思いながら、万に一つのことを考えてしまう。劇場の外に出て、何かあったのではないか。観客のいざこざにでも巻き込まれたのではないか。そんなことはないだろうとは思いながらも、悪いほう悪いほうへと思考が向かってしまう。

千枝はとうとう、落ち着いていることができなくなった。

「ごめんなさい、ちょっと出てくるわね」

孔雀や一枝にそう伝えると、足早に楽屋を飛び出した。

劇場の切符売り場、入場口、ロビー、観客席。人々の視線が自身に集まるのも気にせずに見て回る。厠、舞台袖、背景の大道具。

しばらく歩き回って、ようやく見つけた。

貞は、舞台の中央に立っていた。

すでに第一幕の背景が準備されている。それを背にして幕のほうに向かい、目を瞑《つむ》ったまま腕を組んで、じっとその場を動かずにいる。

そこにいるのは、千枝の夫、三田貞ではなかった。

俳優、上山草人。

芸術への熱、演劇への熱、文学への熱。熱狂を身体に抱え込み、目の前の役、目の前の芝居にそのすべてを捧げる。たとえドン・キホーテのようだと周囲に嘲笑されても、目の前にある役に正面からぶつかろうとする。

――ものの価値を知らないで最後の一投を投げる者は、ものの価値を知っているためにその一投を躊躇ってしまう奴よりも、必ず一歩先に出るものだからな。

彼は以前、千枝に向かって、そう言ったことがあった。

目の前の役が、与えられた芝居が演じるに足るものかどうかを考えると、どうしても躊躇してしまう。それよりは、まずは与えられた役を演じ、その役の人生を舞台の上で演じてみたほうが、もしかするとその役が持っている本当の価値を引き出すことができるかもしれない。

それが、上山草人の信条だった。

けれども今日これから演じるファウストは、そういった役ではない。文学の歴史の中でも傑作の一つとして数えられながら、日本ではこれまで誰も演じた者がない。しかも、およそ二時間にも及ぶ冒頭の二幕は、ほとんどが彼の演じるファウストの独擅場《どくせんじょう》となっている。これほどに、演じるだけの価値が約束された舞台はない。

だからこそ、なのだろう。

すでに価値があると世評を得ている役を演じるからには、その価値の中で満足していてはいけない。ファウストという役が本来持っている価値だけではなく、さらにそれを超えるような新しい価値を、観客の誰もが感じ取れるように演じてこそ、この芝居を舞台にかける意味がある。

そうした役をこれから演じられることへの熱狂、歓喜、そしてほんのわずかな恐怖心。そうした感情をない交ぜに抱えながら、上山草人は舞台の中央に立っている。

貞の姿が、千枝にはそう見えた。

声を掛けようかとも思った。けれども、ファウスト役の貞は、今日は第三幕を除いてずっと舞台に上がり続けることになる。しかも、第一幕、第二幕はそのほとんどがファウストの台詞になっている。だからきっと、役に入り込むために集中しているのだろう。

そう思って、千枝はそっと舞台袖から離れた。

開演時間まで、あと二十分ほどに迫っていた。


幕が開く。

毛皮の衣をまとった老哲学者――ファウストが、髑髏《どくろ》や本、地球儀、怪しげな薬品の入った瓶がずらりと並んだ研究室に閉じこもって、暗鬱な表情を浮かべている。

舞台の下手には、小さな天窓。そこから月光が射し込み、中央にある丸いテーブルに項垂れている老人の白髪に注いでいる。

――己《おのれ》は哲学も法学も医学も、あらずもがなの神学も熱心に勉強して、底の底まで研究した。そうしてここにこうしている。気の毒な、馬鹿な己だな。

ファウストがそう自虐的に呟いたところが、舞台の開幕。舞台下のオーケストラから、霊が地を這ってくるかのような低音の音楽が流れ始める。

第二幕、悪魔メフィストフェレスの登場。

しかしこの場面も、ほとんどが上山草人の一人舞台だ。

有楽座に設置された座席どころか、隙間に設置した補助椅子までもがすべて埋まり、それでも席が足りずに、多くの人々が床に座り込んでいる。そのすべての観客が、固唾を呑んでファウストを見守っている。

懊悩の独白。燃えさかる犬に身を変えた悪魔メフィストフェレスが、ファウストの書斎に忍び込む。学問では人生の充実を見いだせず、あらゆる人生をこの身で体験したいと願うファウスト。

そんな彼にメフィストフェレスは言葉巧みに語りかける。自分がファウストに仕え、これまで誰も経験したことのないあらゆる享楽を提供する。その代わり地獄に戻った暁には、逆にファウストが自分に仕えてほしい。

――さあ、「時」の早瀬に、事件の推移の中にこの身を投げよう。受用と痛苦と、成就と失敗とが、あらんかぎりの交錯をなして来るだろう。

ファウストはそう口にしてメフィストフェレスと血の契約を交わし、魂を捧げることになる。やがてファウストは安楽椅子に凭《もた》れ掛かって眠りに就く。

裸体のまま金銀珠玉の胸飾りを身につけ、腰に薄衣を巻いただけの天女たちが、ファウストを取り囲む。帝国劇場の女性俳優たちによる、堕天使の円舞。彼女たちはファウストに口づけし、誘惑し、地獄へと誘う。

その誘いにファウストが堕ちた瞬間を、重い幕が一気に下ろされるという演出で表現することを提案したのは、メフィストフェレス役の伊庭孝だった。

第三幕は、地獄へと向かう前の窖《あなぐら》の場面。音楽が流れる中、帝国劇場と近代劇協会の俳優たちが入り混じって歌い、踊る。

ここまでの場面で、すでに二時間以上が経っていた。

第二幕までの出番を終えて舞台袖に戻ってきた貞は、汗だくになって肩で大きく呼吸をしている。舞台の下から響いてくるオーケストラの楽曲と、舞台に上がっている俳優たちの歌声とが響く中、貞はそのまま憔悴しきった様子で床に座り込んだ。上山草人として持てる力のすべてを、これまでの二幕に注ぎ尽くしていたのだろう。

千枝はそっと貞の背後に立ち、

「とても良かった。今まで見てきた貞さんの舞台の中では、『金色夜叉』の黄金の舞踏を超える出来ね」と、冗談めかして声を掛ける。

「それだと、僕が成長していないみたいだな」と、貞は苦笑した。

「そんなことないわよ。好みの問題だもの」

「そうか……でもまあ、千枝さんが褒めてくれるなら良かったんだろう」

貞はそう言って声を出さずに笑うと、舞台の上の俳優たちに眼差しを向けている。この芝居の出来不出来は、すべて上山草人と伊庭孝、そして山川浦路が背負う。貞は森鷗外にそう伝えていた。だから、こうして自分たちが出ていない場面でも、舞台の上がどうなっているか気になって仕方がないのだろう。

もうすぐ、第四幕が始まる。

ここから千枝──山川浦路が、ファウストを若返らせる魔女役で登場する。そしていちばんの長丁場となる第五幕では、初舞台となる衣川孔雀がマルガレーテ、その隣人のマルテを山川浦路が二役で演じて、ファウストがマルガレーテを牢獄に残して去っていくまでを描く。

その内容を反芻したところで、千枝の胸が高鳴り始めた。

緊張している。それは、千枝にとって、今までの舞台では味わったことのない感覚だった。

魔女という、今までに演じたことがないタイプの役を演じるからだろうか。あるいは、『ファウスト』という大作を演じることに気負っているのだろうか。

喉がこわばっている。体に余計な力が入っている。

息を大きく吸って、そのまま深く呼吸をした。このままでは、舞台に上がっても声が出ない。

やがて、自分に魔女が降りてきていないことに気が付いた。いつもであれば、舞台に上がる直前になると、すっかり役に憑依され、入り込んでいるのだ。今日はまだ、それができていない。魔女になれていない。

千枝は内心で焦っていた。

そんな千枝の様子を、背中越しに感じ取ったのだろうか。

貞は振り返って、流すように千枝を見た。そして、目を細めて微笑みかけ、ようやく千枝に届くくらいの声を出した。

「この五日間が終わったら、『ファウスト』を抱えて大阪に行こう。それから、地方もだな。新しい演劇を、都市部だけでなく日本全国に広げないといけない」

そこにいるのは、ファウストを演じる上山草人ではなかった。三田千枝のパートナー、三田貞としての姿だ。

その言葉を聞いた瞬間、千枝は不意に、いつもの調子を取り戻した。

「日本だけでいいの？」

揶揄うように訊ねる。

「そうだな……韓国、台湾、満州。それから、樺太でも公演しないといけないね」

「そう？　私はてっきり、貞さんはヨーロッパかアメリカにも、出て行きたいのだと思っていたのだけれど」

「いいなあ。夢や野望は、大きければ大きいほどいい」

「そんなことないわよ。私は、貞さんならきっとできると信じているもの」

「それなら、英語が話せるようにしないとな」

「私がいるじゃない。貞さんの通訳なら、いつだってしてあげるから」

「そうだな……僕には千枝さんがいるんだった」

貞は落とすように笑うと、ふたたび目を瞑って、舞台に目を向けた。

オーケストラの曲と舞台上の歌に混じって、観客たちが息を呑む空気が伝わってくる。

舞台が上手くいっているときに観客席から伝わってくる、どこか緊張感のある、それでいて華やいだ空気。それが劇場全体を包んで、舞台袖にまで流れてくる。

しばらくして、貞は舞台に目を向けたまま、声だけを千枝に向けた。

「どうです、千枝さん。あなたの人生は、退屈していませんか？」

「ええ、おかげさまで」

千枝が目を伏せて、貞の言葉に答える。

「劇団の資金のことで苦労はしていないか？　お金を数えるのも案外楽しいのよ」

「そういうの、嫌いじゃないの。お金を数えるのも案外楽しいのよ」

「孔雀については、悪いことをした」

「このあいだはちょっと喧嘩をしたけれど……私だって、あの子はずいぶんと可愛がっているもの」

「店もすっかり任せきりになったなあ」

「お客様や他のお店とやりとりするのは楽しいのよ。おかげで、一枝さんや福美さん、市子さんたちが遊びに来てくれているし」

「今度は雑誌まで作ることになっているね」

「素晴らしいじゃない。私、ずっと文筆のお仕事はしてみたかったの。いつか、上山草人を題材に小説も書いてみたいもの」

「子どもたちには悪いことをした」

「そうね……でも、母がなんとかしてくれているから」

「俳優、山川浦路はどうだい？」

その問いかけに、千枝はすぐには答えなかった。

さまざまな困難を乗り越えて今日までやってきた。貞が倒れて芝居どころではなくなったこともあったし、俳優になることを諦めかけたこともあった。

文芸協会から放逐されるところを近代劇協会を立ち上げることで乗り越えてきた。そして、近代劇協会だって、金銭的にどこまで持つのかはわからない。

それでも貞とこうしてパートナーとしての関係を続けていれば、どこかで演じることはできる気がする。

もちろん、謡を教え、店を経営し、近頃増えている文筆の仕事を増やしていけば、きっとそれだけで生活していくこともできるのだ。たしかに芝居がなくても、日常を過ごすことができる。もしかすると、演劇さえなければ、むしろ自分たちはもっと楽に毎日を送れるのかもしれない。演じることは、無駄なものなのかもしれない。

けれども……と、千枝は思い直す。

貞との生活には、常にその中心に演劇がある。俳優として脚本を読み、役を演じ、舞台に上がる。そうすることで初めて、自分はそれ以外のさまざまな日常に向き合うことができる。ただ毎日を無為に、動物的に過ごすのではなく、一人の人間として生きていくことができる。

そうした無為からなんとかして逃れたいという渇望。あるいはそれが、かつて自分に巣喰っていた退屈の虫だったように思える。

だから、演劇に携わることは、けっして無駄なことではない。

黄金の舞踏を見たあの日。役を演じるということに、取り憑かれた瞬間。あの日以来、千枝は演劇と、文学と、芸術がなければ、生きていくことができない体になっていたのだ。

そうしたさまざまな思いが、千枝の内心を一気に駆け抜けていった。

けれども千枝はそれを口に出すことはせず、ただ一言、ぽつりと言った。

「そうね、山川浦路として生きるのも、悪くないかもしれないわね」

貞はその一言で、すべてを察したらしい。

「さあ、始めよう。ここで『ファウスト』を演じてからが、上山草人と山川浦路にとっての本当の旅の始まりだ」

そう言って、貞は満足そうに口角を上げると、立ち上がって千枝のほうを振り返った。

その姿はすでに三田貞ではなく、まるで悪魔によって若さを取り戻したファウストそのものだった。

それが、呼び水となった。

千枝――山川浦路に、魔女が降りてきた。

悪魔メフィストフェレスを慕い、怪しげな薬を作り、ワルプルギスの夜には享楽に耽る魔女。

幕が下りた。第三幕が終わる。

背景美術を担当するとりで社の人々が舞台に駆け出して、背景の入れ替えを始める。

千枝はぺろりと舌で唇を舐め、目を細めて上山草人を見下ろした。そして、

――サタンの檀那がお出《いで》ては、わしゃ嬉しうて気が狂う。

歌うように魔女の台詞を呟いて、舞台に足を踏み出した。

第四幕、魔女の厨。近代劇協会ととりで社の面々が何度も繰り返し打ち合わせを重ね、前代未聞の華々しい演出に取り組んだ場面だ。

本物の小猿を舞台に上げ、その背中に魔法の本が乗せられている。

魔女は杖を振るって、メフィストフェレスと戯れるように格闘する。

薬を調合する場面では、オーケストラの音楽に合わせて、魔女が歌い、踊る。

そしてファウストを若返らせる薬ができあがった。魔女がワルプルギスの夜に行くために舐めるものではなく、瓶から青い炎を吐く新しい薬。

――それ学術の崇高なる威力は全世界に秘せらる。然れども思量せざる者、贈遺の如くに得べし。労苦することをもちいず。

有楽座に設置された電気の照明を全身に浴びて、耐えられぬほどの暑さの中、魔女は

熱に浮かされたように舞台の上を飛び回った。

それは、千枝が今までの舞台で、感じたことのない感覚だった。

踊る魔女に、観客たちの好奇の視線が一斉に注がれる。自らも薬を舐めて若い娘の姿に戻った魔女は、メフィストフェレスとファウスト、そして観客たちを誘うように、蠱惑的な眼差しを向け、ファウストの頬に指を滑らせ、メフィストフェレスにしなだれかかる。

魔女のあらゆる欲望が解放され、そのすべてを人々の前に曝け出して、歌い、踊り狂う。

そうか、これだ。

その瞬間、山川浦路を冷静に、まるで俯瞰して見つめるような三田千枝が、体の中に甦った。

山川浦路が魔女として踊っている。音楽の波に体を同期させ、体が動きたいと求めるままに、ほとんど無意識のうちに手を伸ばし、足を振り上げる。

これがきっと、あのとき——三田千枝が初めて上山貞の舞台を見たときに彼が見せた、黄金の舞踏だったのだ。

舞台に上がることの喜び、演じることの快楽。それを全身で表現する。

ようやく、ここにたどり着いた。

千枝はこのあとの第五幕でマルテ役を演じることも忘れて、ずっと踊っていた。
音楽が終わる。一瞬の静寂がある。
千枝は肩を激しく上下させて、まっすぐに観客席を見た。
そして、幕が下がり始めた瞬間。
観客席から割れんばかりの拍手が起こった。
その音に身を包まれながら劇場の全体を見渡し、千枝は思った。
私がずっと来たかったのは、この場所だったのだ。

終章　リトルトーキョー、ふたたび

「ごめんなさいね、ちょっと休んでもいい？」

琴に『ファウスト』の第四幕まで語ったところで、千枝はそう言ってふらふらと席を立った。

「大丈夫ですか⁉」

琴も思わず立ち上がり、千枝に手を差し伸べる。

「この頃は関節の痛みが出ていて、ときどき体が怠くなったり、めまいがしたりするの。またリウマチが酷くなっているのかもしれないわね」

「すみません……長い時間になってしまって」

「いいのよ、私も久しぶりに昔を思い出して、楽しかったもの」

そう言って、千枝はベッドに横になった。

窓の外を見ると、辺りはだいぶ暗くなっている。この建物がある地区の治安を考えると、琴のような若い女性が一人で出歩くにはそろそろ難しい時間に差し掛かっているかもしれない。

「今日はこのあと、どうするの？」

深く息をしながら、千枝が琴に訊ねた。

「ユニオン駅の周りにホテルがけっこうあるので、泊まれるところを探そうかと」

「予約は取っていないの？」

「ええ……難しいでしょうか？」

「空いているとは思うけれど、もったいないじゃない。だったら、今日はここに泊まっていきなさいな。ベッドは二人で寝るには少し狭いから、ソファでも構わないかしら？」

千枝はそう言って、「もう若くないから、孔雀のような扱いはしないわ。安心して」

と、冗談めかして微笑んだ。

キッチンに向かうと、ジャガイモや豆、パンといった食材と、調味料はひととおり揃っているらしい。琴は二人分の食事を作りながら、ベッドに横たわっている千枝と会話を続けた。

「『ファウスト』のあとは、『マクベス』をやったりもしたのだけれど、あまり面白くなかったのよ」と、千枝は言った。

ちょうどその頃からリウマチの症状が重くなり始め、かかしやを経営するので精一杯で、ほとんど芝居の稽古ができなくなったらしい。それでも近代劇協会の地方巡業を行い、満州や朝鮮、台湾にも渡って公演を行った。

千枝が俳優を休んでいるあいだに、衣川孔雀が一気に頭角を現した。しかし、孔雀は私生活のほうで、どうしても新しい男と肉体関係を持つことを止められなかった。そのたびに貞と争いになる。血判状を書いて二度と浮気をしないと約束したが、効果がない。ときには刃傷沙汰《にんじょうざた》にまで発展することもあった。やがて孔雀は貞の愛人という立場から逃げ出し、歯科医と結婚をして演劇の世界から退いてしまった。

「あの子がお芝居を続けていたら、きっと松井須磨子よりも評価の高い俳優になっていたと思うわ」

千枝は残念そうに呟いた。

その松井須磨子は、千枝たちが『ファウスト』を演じてからほどなく、島村抱月との不倫関係を理由に文芸協会から放逐され、抱月と二人で芸術座を立ち上げる。そして、トルストイの『復活』の主題歌として歌った『カチューシャの唄』のレコードがヒットし、日本で最初の歌う俳優としてもてはやされた。千枝たちが地方巡業のときにその『復活』を勝手に上演し、上演権をめぐって訴訟沙汰になったりもしたが、それでもときどきは手紙のやりとりが続いていた。けれども一九一八（大正七）年、島村抱月がスペイン風邪で亡くなった直後、須磨子は後を追って自ら命を絶ってしまう。

「私はオペラをやっていたのだから、歌う俳優としては山川浦路のほうが先だと思うのだけれどね」

千枝は少しだけ悔しそうにそう言った。『カチューシャの唄』はレコードが三万枚売れたというから、大衆の認知度としては松井須磨子のほうが高かったのだろう。

一方で貞には、生涯の親友とも言える存在ができていた。それは、作家の谷崎潤一郎だ。谷崎は最初にかかしやに来た日から貞と意気投合し、三日と空けずにやってくるようになった。

「私たちがアメリカに来たのも、谷崎先生のおかげだったのよ。おかげで、それから五年くらいはずいぶんと苦労したけれど」

千枝によれば、近代劇協会が一九一九（大正八）年に資金繰りに行き詰まってとうとう解散に追い込まれたとき、アメリカに行くように助言をし、中央公論社からそのための金銭的援助を取り付けてきたのが、谷崎潤一郎だったそうだ。

二人は日系人の劇団で客演をしながらアメリカ各地を渡り歩き、ようやくロサンゼルスに落ち着いて、エキストラとしてときどき映画に出るようになった。千枝はそのかたわら日本語の新聞『東西時報』を刊行し、二人の生活を支えた。孔雀が近代劇協会に入る前、千枝にタイプライターの使い方を教えてくれたことが、この時期の生活を支えることになった。

それから五年、一九二四（大正十三）年。

琴がかつてヒラリバー収容所で開かれた映画の上映会で見た『バグダッドの盗賊』のモンゴルの王子役を、貞が摑み取る。

もともとは、アメリカを巡業中だった、日本人の剣劇一座の役者が演じることになっていた。そこへ貞が映画会社に乗り込んでいって、その役者は芝居の素人だから映画に出したら日本での上映で笑いものになると千枝の通訳によって説得し、役を奪い取る形になった。そのおかげで剣劇一座の役者たちは、貞のことを真剣で斬り捨ててやると息巻いて、たいへんな騒動になったらしい。

なんとかそのいざこざを治めてその映画で世界的な評価を得た貞は、それから四十七本ものサイレント映画に出演し、ロサンゼルスで家を買って悠々自適の生活を送るようになる。けれども、しだいに無声映画が廃れて音声がついたトーキー映画が撮られるようになると、英語を話すことができない貞は役がもらえなくなった。それで一九二九(昭和四)年、日本に戻ることになった。

「一緒に帰ろうとは思わなかったんですか?」

食事をしながら、琴は千枝に訊ねた。

千枝の答えは、明快だった。

「アメリカのほうが、日本にいるよりもずっと自由で楽しかったんだもの。息苦しい日本での生活には戻りたくなかったのよ」

その結果、貞とは事実上の離婚状態となり、千枝は映画のエキストラをしながらUrajiという化粧品屋を営んだ。しかし収入は少なく、古いアパートに住んでなんとか生計を立てていた。やがてあの戦争が始まり、一九四二（昭和十七）年、日系人強制収容所に収容された。あとは、琴も知っている通りだ。

「収容所での生活はもちろん苦しかったけれど、案外面白かったのよ」と、千枝は言った。

日系人たちと食事をわけあい、土地を開墾し、子どもたちのために公園を作る。そうした日常は、それまで千枝の体験したことのないものばかりだったからだそうだ。

その日の夜。ソファで横になった琴は、ベッドで寝ている千枝に訊ねた。

「もう一度、映画やお芝居に出たいとは、思わないんですか？」

「そうねえ……」千枝は寝返りを打つこともなく、声だけを琴に向ける。「そういう気持ちがないと言ったら嘘になるけれど、この体では難しいわね」

「そんなことないと思います。私がちゃんと説明して、説得しますから」

「どういうこと？」

「今、私たち、ちょっとした計画を立てているんです」

琴は千枝に説明をした。今、自分は、サンフランシスコに住んでいる日系人たちとともに、映画会社を設立する準備を始めている。無事に会社ができた暁には、その俳優として千枝——山川浦路に出演してほしい。せめてもう一度だけでも、Ura.Mita、あるいはMrs.Sojinとして花を咲かせてほしい。

そうして千枝を誘うことが、琴がロサンゼルスを訪れた本当の目的だった。

「どうです？　素敵だと思いませんか？」

琴はソファから半身を起こして、声を弾ませた。その言葉に、千枝は顔だけを向けて、

「ええ、とても素敵だと思うわ」と、暗がりの中、微笑んだ。

「ヒラリバーでお芝居をしたのが忘れられなくて。私、いつかもう一度、作る側に立ちたいって思っていたんです。千枝さんが力を貸してくれれば、きっと成功しますよ！」

「ええ……」

ぼんやりと返事をした千枝は、ふたたび琴から顔を背けて部屋の天井を仰いだ。

しばらくの沈黙が続く。振り子時計の音だけが、コツコツ……と部屋に響く。

やがて、千枝は琴の耳にも届くほどの音を立てて、大きく息を吐き出した。そして、

「もう私は、十分に楽しんだもの」と、暗がりの中、遠くを見つめるような眼差しを天井に向けた。

その言葉が千枝の本心でないことは、琴もすぐに感じ取った。おそらく、本当はふたたび銀幕や演劇の世界に戻りたいと思っていながら、体がそれを許さないのだろう。それで、

「そうですか……すみません、変なお誘いをしてしまって」と、申し訳なさそうに呟いた。すると、

「……でも、もしできるなら、もう一度だけでいいから、心の底から面白いものを味わってみたかったわね」と、千枝が言った。

「面白いもの、ですか?」

「ええ。本当に面白い映画やお芝居を見るくらいなら、もう一度でいいからやってみたいかしら」

千枝はそう言うと、やがて眠りに落ちていった。

琴は千枝のその言葉を心の中で何度も反芻した。千枝を俳優として誘うことはできなくても、それなら自分にもできるかもしれない。そう思いながら、少しだけ黴臭い蒲団にくるまった。

春になった。

ロサンゼルスは気候が穏やかだとはいえ、冬のあいだは冷たい風が吹き付ける。その風が吹かなくなり、汗ばむような日射しが照りつけるようになると、白や赤、ピンク、オレンジといった色とりどりのポピーの花が開き始める。

半年ぶりにロサンゼルスにやってきた琴は、リトルトーキョーから歩いて五分ほどのところにある小さな建物にいた。ここは日本語の本を集めている小さな図書館で、日系人の集会場としても使われている。土曜日の夕方。建物の中でいちばん大きな部屋に、リトルトーキョーに住んでいる日系人たちが、一人、また一人と集まってくる。

琴は部屋の入口に設営した受付に立って来客の対応をしながら、手が空くたびにキョロキョロと周囲を見回していた。そのたびに目を伏せて、小さくため息を吐く。時計を見る。上映開始時間まで、あと十五分に迫っている。

今日はこの会場で、日系人に向けた日本映画の上映会をすることになっている。去年の秋に琴が千枝を訪ねた後、かつてヒラリバー収容所のコミュニティ評議員だった鈴木とともに企画したものだ。鈴木は収容所を出てからリトルトーキョーに戻ってきており、二つ返事で開催を引き受けた。

「千枝さんはまだ来ないのか？」

鈴木が琴に声を掛けてくる。

「ええ、そうみたい」と、琴は肩をすくめて返事をした。

「この頃、関節の痛みがまた酷くなったと言っていたから、歩くのも辛いのかもしれないな」

「会っているんですか？」

「同じ収容所に入れられた仲だからな。それに、一人暮らしで買い物にもまともに出られないようじゃ、彼女も生活が厳しいだろう」

「せめて、スタンフォード・アベニューにあるどこかの施設で開ければ良かったんですが……」

スタンフォード・アベニューからこの図書館までは、それほど遠くない。それでも、琴の足でも十五分ほどかかる。

「たしかに、三田さんにはここはちょっと遠いかもしれないな」

鈴木はそう言って腕を組み、小さく唸った。

今日の上映会は、表向きは、なかなか娯楽を得る機会が少ない日系人たちに映画を提供するためのものということになっている。けれども琴の本当の目的は、千枝に来てもらうことにあった。

――本当に面白い映画やお芝居を見るくらいなら、もう一度でいいからやってみたいかしら。

去年、琴が訪ねたとき、千枝はそう言った。

心の底から面白いもの……ではないかもしれない。

それでも、千枝が面白いと思ってくれる可能性のあるもので、琴が用意できそうなものは、今日の上映会のために日本から取り寄せたフィルムしかなかった。

開始時間まで、あと五分を切った。

会場には二十人あまりの日系人がぱらぱらと座っている。かつて、日本で九〇〇人の劇場を満員にしていた山川浦路のために開く会としては、あまりに寂しい。それでも琴は、千枝にこの会場にいてほしかった。

三分……二分……。

上映開始までの時間が、迫ってくる。

今の千枝に、ここまでの距離を歩くのは難しかっただろうか。琴は諦めかけた。

そのとき――

コツ、コツ……と、杖が床のタイルを叩く音が響く。

琴は顔を上げて、満面の笑みを浮かべた。

「千枝さん！」思わず、叫んでいた。

「ごめんなさいね。私の足では、時間が掛かってしまって」

琴が千枝に駆け寄って、抱きついた。その衝撃に、千枝は体をよろめかせ、小さな悲鳴をあげてしまう。

「大丈夫です、まだ間に合います！」

琴が慌てて謝罪をすると、千枝は、

「いいわね。女はそれくらい元気じゃないと」と、微笑んだ。

上映開始を五分ほど遅らせて、千枝を座らせる。琴は前のほうに座るように促したが、千枝のほうではいちばん後ろの席が良いのだという。

「このほうが良いの。前のほうだと、どうしても背を縮めてしまうから」

そういえば千枝は、初めて貞が出演した『金色夜叉』の舞台を見たとき、席が後方でホッとしたと言っていた。今でもその感覚が残っているのだろう。

部屋の照明が落とされる。映写機に光が入る。

琴は千枝の隣に座って、スクリーンを見守った。

――愛よ人類と共にあれ

映画のタイトルが出て、琴は緊張しながら千枝を見る。千枝は、穏やかな視線を正面に向けていた。

前後編を合わせて上映時間二四一分にも及ぶ、島津保次郎監督、村上徳三郎原作脚本によるサイレント映画の超大作だ。

主演は、上山草人。

一九二九(昭和四)年。上山草人は妻である山川浦路をロサンゼルスに残して帰国した。その後、一九三一(昭和六)年には、横浜の鶴見に自宅を構えている。その家には、谷崎潤一郎がよく入り浸っていたという。

鶴見に住むことを決めたのは、貞が松竹蒲田撮影所に映画俳優として入社したためだった。そして、ハリウッドのサイレント映画で成功を収めた彼の帰国記念作品として、この映画が撮影された。

出演者延べ八万人。後編はアメリカでロケを行い、撮影に二年。撮影フィルム、二十万フィート。当時の日本映画界において、稀に見るほどの規模になった。

上山草人が演じる主人公は、山口鋼吉。彼は、いくつもの会社を手がける敏腕経営者だった。

そこに留学先から、鋼吉の長男で科学者の修と、その妻・不二子が帰ってくる。長女の操と、恋人で父の会社で働く陽一、そして次女の桜と同じく父の会社の社員である謙太郎。家族が揃った華々しい長男の帰国に、父の姿はない。すると、修が諦めたように言う。

――金もうけと女色漁《あさり》があの人の全部なんだからね。あれも一つの人生には違いないですが……。

父は子どもたちに、女を囲い、子どもと家庭はいっさい顧みない父親と見られていたのだ。

上映中、琴は隣の席にいる千枝を盗むようにして見た。

鋼吉は、まるで上山草人と重なるような人生を送っている。去年の秋に千枝が自身の人生を振り返ったときも、親の顔をほとんど見ないで育った子どもたちに対してだけは申し訳なかったと言っていた。

ようやく長男の平八がともに暮らすようになったのは、二人がアメリカに渡ったあとだったそうだ。そして、貞がアメリカから帰国したあと三男の竹三郎も同居したが、やがて家を出ることとなった。

もしかしたらこの映画の内容で、千枝が気を悪くすることがあるかもしれない。琴はそう危惧していたが、それは杞憂らしかった。一九三一（昭和六）年に公開されて以来、今まで見ていなかったらしい上山草人にとっていちばんの大作映画を、千枝は穏やかな眼差しで見守っていた。

琴は映画に目を戻す。山口鋼吉の次男、雄が登場する。母を亡くして不良青年となった雄は、山口の家を飛び出し、情婦である真弓と行動を共にしている。長男の修は、弟の雄について冷静に言い放つ。

――死ぬべき時に死んだ母を、あの人が殺した様に考えて、恨み、のろい、悶え苦んで自ら堕落の淵に沈んでいる。余り利口な男じゃないよ。

こうした雄と鋼吉との確執、これがこの映画のいちばんの見所らしい。

やがて鋼吉は事業に失敗して破産寸前に追い込まれ、恥を捨てて修のもとへお金の工面を申し込む。そうして権威を失墜した鋼吉は、しだいに子どもたちと和解していく。

前半の威厳と権威に満ちた傲慢な父親。そして後半の、人間らしさを取り戻し、子どもたちとアメリカ西部に移住して、農業と畜産業に勤しむ父親。まるで別人のような人格を、当たり前のように演じわける。

役者になるということは、複数の人生を生きることだ。上山草人――三田貞が千枝に言ったという言葉の意味が、琴はようやく理解できた気がした。

モンゴルの王子、詐欺師、悪事を働く中国人、そして中国系アメリカ人探偵チャーリー・チャン。さまざまな役を変幻自在に演じ、一九二〇年代のハリウッドを代表するアジア人怪優とまで言われたSojinの真骨頂がここにある。上山草人とは、物語に編み込まれたさまざまな人類を、その人生を生きる俳優なのだ。

千枝が自宅で倒れた。

その連絡を琴がサンフランシスコで受け取ったのは、映画会からさらに半年が経った一九四七(昭和二十二)年十一月三十日のことだった。

琴はすぐに鉄道に飛び乗り、ふたたびロサンゼルスへと向かった。

病院に着くと、千枝の体は白い壁に囲まれた病室に横たわっていた。倒れたきり、ずっとこのままの状態なのだという。

「千枝さん……私です、野正琴です!」

琴が声を掛ける。

……けれども、返事はない。

医師によれば、脳の血管から出血があったらしい。おそらく、このまま助からないだろうということだった。

夜。千枝が眠り続けているベッドの傍らに、琴は腰掛けた。どういう関係かと問われたので、歳は離れているが三田千枝の親友で、彼女には身寄りもないからこうしてやってきたのだと返事をした。

俳優・山川浦路についての記憶を託されたのは自分だ。だから、嘘は吐いていない。琴は医師に伝えた後、自分にそう言い聞かせた。

千枝はずっと眠り続けている。せめてもう一度、目を覚ましてほしい。琴はそう願ったが、一方で、目覚めることはないかもしれないという思いもあった。

ふと、『愛よ人類と共にあれ』を見終えた直後のことを思い出す。

千枝は目を瞑って、座席の背もたれに体を預けていた。琴が近づくと満足そうに微笑み、

「……とっても楽しかった。私が半生を賭けて手助けをしたのだもの。三田貞はともかく、やっぱり上山草人は素晴らしい俳優ね」と、どこか皮肉めいた口調で言った。

「やっぱり、貞さんとはもうやり直せませんか？」

苦笑しながら、琴は訊ねた。

貞は日本で今、関口直子という女性と暮らしているらしい。千枝との婚姻関係は解消していないので事実婚状態だそうだ。

だから、もうパートナーに戻ることはないだろう。琴は、千枝がそう答えるだろうと思っていた。

けれども千枝は、琴の言葉には答えなかった。

目を細めて天井を見上げ、ぼんやりと遠くを見るような視線でいた。

やがて、声だけを琴に向けた。

「私がこうして面白い人生を送ることができたのは、間違いなく貞さんのおかげだから。今の世ではもう一緒になることはないかもしれないけれど、来世でまた一緒にいられれば、また退屈しないで済むかもしれないわね」

千枝はたしかに、来世でまた一緒にいられれば、と言った。その言葉は琴にとって、まるで千枝の遺言のように聞こえた。

気が付くと、窓の外がだいぶ明るくなり始めていた。夜明けが近づいてきたらしい。

琴は眠ったままでいる千枝の手をそっと握った。脈はすっかり弱くなっている。それでも、まだ彼女が生きている証であるかのように、温かさを帯びている。

「……千枝さん！」

声にならない声を上げた。

そのときだった。

千枝の口元が、微かに動く。

「千枝さん！」

もう一度、名前を呼んだ。すると、ぼんやりと千枝の眼が開かれる。琴は息を呑んで、勢いよく立ち上がった。

「ドクターを呼んできます、待っていて下さい！」

しかし千枝は、自分の右手の小指を琴の左手に引っかけるようにして、微かに首を横に振った。

「……でも！」

琴が声を上げる。けれども、ぼんやりとそれを見返す千枝の瞳は、「もう、いいのよ」と言っているように見えた。そして、千枝はほんのわずかだけ、頷くように首を縦に振った。

ふたたび琴の脳裡に、上映会のあとで千枝が言った言葉が甦ってくる。

――楽しかったなあ……他の人たちの幸せの形とは少し違ったかもしれないけれど、私はきっと幸せだったのよ。

きっと幸せだった。千枝は琴に向かって、そう言った。

その言葉を思い出しながら、もう一度、琴はたしかめるように訊ねた。

「貞さんとの毎日は、幸せでしたか？」

その問いかけに、千枝は目を細めて穏やかな表情を浮かべると、もう一度、顎を引くようにして首を動かした。

千枝はそれきりふたたび眠りに落ちていった。やがて呼吸が途絶えたのは、それからおよそ十五分後のことだった。

＊　＊　＊

野正琴はそれ以来、一度で良いから日本を訪ねて、三田貞——上山草人に会ってみたいという宿願を抱いていた。しかしその願いが叶うことはなく、『赤西蠣太《かきた》』『金色夜叉』そして遺作となった『宮本武蔵』と、日系人に届けられる日本映画のスクリーンの上で上山草人の姿を見るばかりだった。

けれども『宮本武蔵』から数年後、リトルトーキョーから日本を訪ねた知り合いの日系人に、一枚の写真を見せてもらったことがある。それは青山墓地で撮影された一枚だった。そこには、「上山草人　山川浦路之墓」と書かれている。

千枝の遺骨は東京に運ばれ、青山墓地に埋葬された。その七年後、遺作に出演した直後に亡くなった貞も同じ墓に埋葬されたそうだ。それで、千枝と貞の二人はようやく、土の中で、ふたたび一緒に過ごすことになったのだという。

〈了〉

【解説】

浦路が切り開いた道

北村浩子

知らなかった。こんな恰好いい人がいたなんて。

本編を読み終え、今この解説ページを開いている方の多くがそう思っていることだろう。わたしもまさに同じ気持ちだ。

三田千枝、上山浦路、山川浦路、Ura.Mita、Mrs.Sojin。明治から昭和の時代をいくつもの名前で生きた彼女の人生を、事実に豊かな想像を交えて描き出したこの『黄金舞踏　俳優・山川浦路の青春』。ジャンルとしてはノンフィクション小説と言ったらいいだろうか。著者の大橋崇行さんは、特に日本近代文学に造詣の深い研究者であり、若い読者向けの読書案内やライトノベルも手掛ける守備範囲の広い文筆家だが、これは連続テレビ小説の原作にもなりそうな（わたしは実際「そのつもり」で映像を思い浮かべながら読んでいた）、爽快で濃密な一代記なのである。

一八八五年、鉱山技師である父と元芸妓の母の間に生まれた三田千枝は、教師と英語で議論するような積極性と、頭の回転の速さを備えた少女だった。背が高く器量良しで、通っていた華族女学校でも当然目立つ存在。やや低い声の持ち主だったというのも彼女の大きな特徴だ。「女らしい」とされる要素からは少し離れた個性。千枝の魅力はそこにあった。その魅力を輝かせる起点、原点となったのは、彼女が心の中に飼っていた「退屈の虫」だ。高等教育を受けても、卒業したら「教師になるか結婚をするかくらいしか選択肢がないじゃない？」「私はもっと刺激的な人生を送ってみたい」。千枝は親友の犬養操にそう本心を打ち明けたことがある。のちに第二十九代の内閣総理大臣となった犬養毅の長女である操は、千枝の性格を——彼女の内側に「退屈の虫」が住んでいることを——見抜いていた。他の女学生とは明らかに違う空気を纏《まと》っていた千枝。操が、自宅に寄宿していた早稲田大学の学生、上山貞を千枝に紹介したのはささいな会話がきっかけだったが、操も千枝もそれが運命の分岐点になるとは想像もしなかったに違いない。

「私はあの人のおかげで、少なくとも退屈でいることはなくなった」

この物語は、ロサンゼルスで慎《つつ》ましく暮らす老いた千枝が、彼女を訪ねてきた若い女性、野正琴に自らの来し方を語っているという設定で書かれている。千枝と琴は、千枝が言うところの〈あの戦争〉、第二次世界大戦の最中《さなか》にアリゾナ州のヒラリバー収容所で出会った。収容所で日系人のために演劇の公演が行われることになり、琴は、日本でトップ俳優として活躍した千枝から演技を教わったのだ。

かつて日本のトップ俳優として活躍し、ハリウッド映画にも出演したことのある千枝。当時、琴は千枝にある願いを伝えていた。舞台に立っていた頃の話を、いつか聞かせてほしい、と。終戦から数年経って、その約束がようやく果たされているのだった。

千枝が口にした「あの人」というのはそう、貞だ。彼は千枝を俳優の道へと誘《いざな》った水先案内人であり、嵐のような年月を一緒に走った同志であり、夫という名のパートナーだった。

かかわりあったら、無傷ではいられない。常に好奇心に突き動かされている活火山のような男。そんな貞、芸名・上山草人との生活を千枝は語る。

二人が結婚したのは一九〇八年。芝居の世界で歌舞伎が旧派と呼ばれるようになり、新派、すなわち現代劇が人口に膾炙《かいしゃ》し始めた頃だ。千枝は貞とともに、島村抱月、坪内逍遥らが発起人となって設立した文芸協会演劇研究所に入所する。ここで千枝は頭角をあらわしてゆくのだが、貞が千枝に上山浦路という芸名を授ける場面が印象的だ。自分を生んで間もなく精神的な病を発病した母の名、浦路。〈現実の世界と想像の世界とが交差する状態〉にあった母の頭の中は、現実と非現実を行き来する役者という職業に似ているのではないか、芸名としてぴったりなのではないかと貞は千枝を説得する。力技というかなんというか、貞の押しの強さを感じさせるエピソードだ。

「非現実」での名前を得た浦路の存在を世間に知らしめたのは、第一回本公演『ハムレット』でのガードルード王妃役。同期の松井須磨子が演じたオフィーリアに匹敵する大役で、世評が高かったのは浦路のほうだった。一方で貞は、手作りの化粧品を並べた店「かかしや」を開き人気を博すが、文芸協会とは配役や方針をめぐって意見が合わず、裏方に甘んじていた。

彼の胸中を推し量り、事態打開に動いたのはもちろん千枝だ。夫婦二人で劇団を立ち上げることを坪内らに提案し、文芸協会からの独立を果たす。この一連の顚末が書かれているあたりに、千枝が水面下でいかに貞を助けていたかを示すさりげない記述がいくつもある。ときに西洋の演劇論を書店から取り寄せ、ときに英語で戯曲を読み、折々に千枝は貞にその内容を語っていた。彼女の能力と向学心によって分け与えられた知識は、貞の評価や信頼を高めることに大いに貢献しただろう。

陰になり日向になり、という言葉通りの千枝の献身に、しかし「犠牲感」はない。彼女は貞が自分の「退屈の虫」を鎮めてくれる唯一無二の人だと確信したときから、自らの人生を愉しみ、生き生きと生きるために彼をサポートし続けた。貞を大きな役者にする努力を惜しまなかった。

その態度は、山川浦路と芸名を変え、二人で「近代劇協会」を立ち上げてからも変わらない。金策に走る。劇場と交渉する。「かかしや」を訪れる女性たちとの交流は、立ち止まる暇のない千枝にとって心ほぐれる時間だっただろう。一九一一年に創刊された婦人文芸誌『青鞜』にかかわるメンバーに囲まれ、憧れの混じったあけすけな言葉を浴びながら、千枝はこんなことを考える。

〈女として、人間として生まれた人たちが、一人でも多く自分で自分の生き方を選び取ることができるようになることが、私たちを幸福にしてくれる〉〈多くの人たちがそうした生き方を目指すときの象徴となることができるのなら、俳優、山川浦路としていることにも、少

しくらいは意味があることのように思える〉

女性がもっと伸び伸びと生きられる世の中になったら。応援に手を貸すことができたなら。千枝はその願いを行動で示す人だった。貞の愛人・衣川孔雀が「彼と別れたくない」「俳優になりたい」と千枝のところに相談に来る(!)という事件が起きたとき、千枝は孔雀の魅力を見抜いて劇団に誘うのだが、妻の意地とか嫉妬といった感情が一切見えないその行為は、「女の敵は女」という言葉を、あっけにとられるほど鮮《あざ》やかに否定する。松井須磨子に対しても、ライバル心をむき出しにする須磨子を受け流しながら、千枝は決して彼女を嘲《あざけ》ったり見下したりはしなかった。同業者として敬意を抱き、須磨子の不器用さを個性だと認めていた。

相手を尊重するフェアな姿勢。千枝は常にそれを貫いた。〈女が役者をやれば、観客や社会の風紀を乱す〉という理由で千枝を卒業生名簿から消そうとした乃木希典との対峙で、だから千枝は「勝った」のだ。こういう「強い」千枝もいれば、帝国劇場での『ファウスト』の上演直前に、舞台の上でひとり目をつむって立っている貞の心模様を見抜いて、声をかけずに去る静かな千枝もいて(個人的にわたしはこのシーンがとても好きだ)、彼女は俳優に欠かせない深い洞察力を持っていたことがよく分かる。わたしたち読者が千枝を恰好いいと思うのはそんな場面に拠《よ》るところが大きいのだけど、一方で彼女は、子供を何人も産みながら自分の手で育てなかったことに罪悪の念も抱いていて、完璧な人間はいないのだとも思わされる。

「青春」後の、千枝の人生の行き先はすこし哀しい。貞と仲の良かった谷崎潤一郎の助けもあって夫婦でアメリカに渡るが、ハリウッドで大成功した貞とはやがて離縁状態になってしまう。アメリカに残った千枝の生活は決して楽ではなく、〈あの戦争〉が始まってヒラリバー収容所に入れられた時には、五十代も後半になっていた。貞は日本で別の女性と暮らし、千枝はロサンゼルスでひとりで老いていく。理不尽ではないかという気持ちがどうしても湧いてきてしまう。

でも――それは勝手な見方なのかもしれない。晩年の千枝は琴に「(貞とは)来世でまた一緒にいられれば」と言うのだ。彼は「退屈の虫」を鎮め、かけがえのない時間をくれた人。苦労はしたけれど、それ以上に面白い人生だったのよ、と。

この作品はかつての東京の風景を描いてもいる。

本郷春木町の本郷座、西向《にしむき》天神近くの貞と千枝の住居、新橋の「かかしや」、数寄屋《すきや》橋の有楽座、南鍋町《みなみなべちょう》のカフェーパウリスタ、森鷗外が観潮楼《かんちょうろう》と呼んだ千駄木の家、帝国劇場――。新しい文化が生まれ花開いてゆく東京で、千枝は俳優という天職に出合った。貞の〈黄金の舞踏〉を見て自分も演じたいと強く願った。〈演劇と、文学と、芸術がなければ、生きていくことのできない体〉となり、貞の背中を押しながら自らも様々な役をまっとうした。女性がなにかを表現すること自体が珍しかった、抑圧されていた時代に堂々と自分の道を歩いた。

彼女が切り開いた道の先を、今わたしたちは歩いている。

(きたむら・ひろこ　書評家、ライター)

◎本作は書下ろしです。
◎本作はフィクションです。
◎現代的な感覚では不適切と感じられる表現を使用している箇所がありますが、時代背景を尊重し、当時の表現および名称を本文中に用いていることをご了承ください。

大橋崇行（おおはし・たかゆき）
1978年、新潟県生まれ。上智大学文学部国文学科卒業後、上智大学大学院文学研究科博士前期課程を経て、総合研究大学院大学文化科学研究科修了。博士（文学）。小説の代表作に、『遥かに届くきみの聲』（双葉文庫、第1回ルーキー大賞受賞作）、『小説牡丹灯籠』（柳家喬太郎監修、二見書房）、『司書のお仕事』シリーズ（勉誠出版、既刊2冊）など。近刊に『週末は、おくのほそ道。』（双葉文庫）。評論に『落語と小説の近代 文学で「人情」を描く』（青弓社）などがある。

黄金舞踏　俳優・山川浦路の青春
潮文庫　お－4

2024年　1月20日　初版発行

著　者　大橋崇行
発行者　南　晋三
発行所　株式会社潮出版社
〒102-8110
東京都千代田区一番町6　一番町SQUARE
電　話　03-3230-0781（編集）
03-3230-0741（営業）
振替口座　00150-5-61090
印刷・製本　中央精版印刷株式会社
デザイン　多田和博

ISBN978-4-267-02412-2 C0193